LOGIA
RK

THE BONES.—FRONT VIEW.

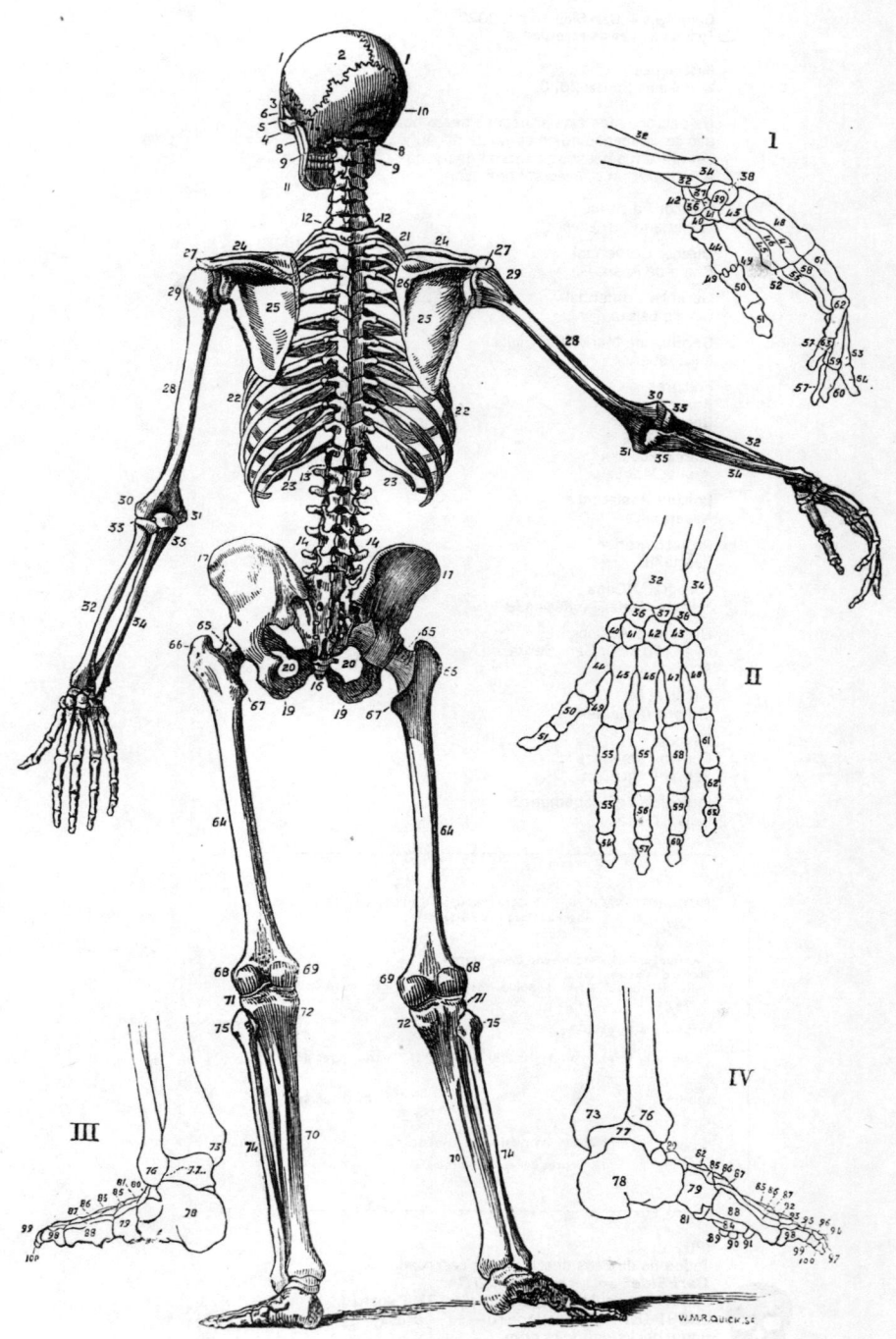

THE BONES.—BACK VIEW.

Copyright © DarkSide Books, 2020
Todos os direitos reservados.

Ilustrações
© Hokama Souza, 2020

Os personagens e as situações desta obra
são reais apenas no universo da ficção; não
se referem a pessoas e fatos concretos,
e não emitem opinião sobre eles.

Diretor Editorial
Christiano Menezes

Diretor Comercial
Chico de Assis

Gerente Comercial
Giselle Leitão

Gerente de Marketing Digital
Mike Ribera

Editores
Bruno Dorigatti
Cesar Bravo
Lielson Zeni
Marcia Heloisa
Raquel Moritz

Editora Assistente
Nilsen Silva

Projeto gráfico
Retina78

Fotografia/Capa
Hernan Czauski e Retina78

Designers Assistentes
Aline Martins / Sem Serifa
Arthur Moraes

Finalização
Sandro Tagliamento

Revisão
Camila Fernandes
Retina Conteúdo

Impressão e acabamento
Ipsis Gráfica

DADOS INTERNACIONAIS DE CATALOGAÇÃO NA PUBLICAÇÃO (CIP)
Angélica Ilacqua CRB-8/7057

Antologia dark / organizado Cesar Bravo ;
Marco de Castro....[et al].
— Rio de Janeiro : DarkSide Books, 2020.
224 p. : il.

ISBN 978-85-9454-189-5

1. Contos de terror - Antologias I. Bravo, Cesar II. Castro, Marco de

19-2857   CDD 808.83

Índices para catálogo sistemático:
1. Contos de terror : antologias

[2020]
Todos os direitos desta edição reservados à
DarkSide® *Entretenimento LTDA.*
Rua Alcântara Machado, 36, sala 601, Centro
20081-010 — Rio de Janeiro — RJ — Brasil
www.darksidebooks.com

ANTOLOGIA DARK

 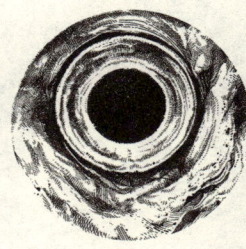 

*Homenagem
ao Mestre*
STEPHEN KING

Organizado por
CESAR BRAVO

DARKSIDE

Ao Homem do Maine

SUMÁRIO

CESAR BRAVO
INTRODUÇÃO 15

CLÁUDIA LEMES
CREED 24

VITOR ABDALA
O ZAGUEIRO 36

CESAR BRAVO
GRANIZO FINO 52

CAROL CHIOVATTO
A HORA DA BRUXA 72

EVERALDO RODRIGUES
PORTA NÃO ENCONTRADA 86

MARCO DE CASTRO
CÁREM SINISTRA 98

FERRÉZ
SANTA NEGRA 112

ILANA CASOY
O AMANHÃ DE ONTEM 130

FERNANDO TOSTE
O VISITANTE 142

ALEXANDRE CALLARI
RETORNO AO
CICLO DO LOBISOMEM 154

ANTÔNIO TIBAU
O TERCEIRO TESTAMENTO 166

ANDRÉ PEREIRA
EXOTERMIA 182

SORAYA ABUCHAIM
GRAND FINALE 190

ANDREA KILLMORE
MISÉRIA 204

INTRODUÇÃO

NO RASTRO
do
HOMEM DO MAINE

INTRODUÇÃO
por
CESAR BRAVO

Cemitério Maldito, O Iluminado, A Dança da Morte, À Espera de um Milagre, Carrie: A Estranha, Um Sonho de Liberdade, It: A Coisa, The Dark Man: O Homem que Habita a Escuridão, a série de *A Torre Negra* e... ainda estamos longe, muito longe de chegar ao fim.

Para muitos que escrevem horror e suspense, Stephen King sempre foi um farol em movimento. Seu talento único, a dedicação extrema, o vigor em preencher quilômetros de páginas em branco. Ainda assim, nós o perseguimos, gastando nossas botas e pegando carona em seus carros envenenados.

Contudo, mesmo em nossos sonhos mais otimistas, poucos de nós imaginaram e tiveram a chance de oferecer de volta um pouco do que recebemos do Rei. Isso inclui esperança, amizade, ânimo, diversão e um pouco de rancor, afinal, Steve matou muita gente legal ao longo de sua carreira — isso inclui o garotão pistoleiro Eddie Dean, de *A Torre Negra* (cara, precisava mesmo fazer aquilo, precisava!?).

E existiram outros. King fez vítimas em autoestradas, em postos de parada, em bailes de formatura — e matou meio mundo em apocalipses virais e universos paralelos. King afogou, bateu, queimou, torturou e chegou até mesmo a matar alguns personagens duas vezes (!), depois de trazê-los de volta do reino dos mortos. Não contente, o Homem do Maine nos apresentou a fantasmas, vampiros e lobisomens, e também nos fez conhecer muita gente ruim que merece receber a classificação de monstro.

Mas antes de ter sucesso em nos aterrorizar e traumatizar para todo o sempre, King também pagou um preço bem alto por flertar com o outro lado. Dizem que para falar sobre o Inferno é preciso conhecê-lo de perto, e o Homem do Maine também queimou seus pés sobre as brasas.

Ainda aos dois anos, King foi abandonado pelo pai, Donald Edwin King, que saiu de casa para comprar cigarros e nunca mais voltou. A partir daí a infância ficou cada vez mais difícil, e o pequeno Steve perambulou por várias cidades do estado do Maine, ao lado de seu irmão mais velho e de sua mãe, que ainda tentava reencontrar um porto seguro para a família desfalcada. Na escola, King era mais um garoto acanhado, tímido e pobre, que não era diferente de tantos outros meninos e meninas que lotavam os corredores. A adolescência não foi muito melhor, e a vida evoluiu para a de um professor universitário que consumia altas doses de álcool nas horas livres, morava em um trailer e trabalhava lavando lençóis para completar o orçamento doméstico. Como compensação, o casamento na vida adulta o premiou com Tabitha Spruce, a mulher que salvaria *Carrie*, primeiro sucesso de King, da lixeira. E ela faria muito mais a partir desse instante, não só como leitora crítica, mas como grande companheira, parceira criativa, amiga e fomentadora de Stephen King. Foi graças a *Carrie* (e a Tabitha) que surgiu a lenda de que tudo o que King escrevesse seria adaptado para o cinema (o que não passa tão longe da verdade).

Tudo parecia ter engrenado nos anos seguintes, com um King mais limpo, economicamente confortável e livre do álcool e das drogas, mas que ainda conservava seu vício pelo rock 'n' roll e pelas longas caminhadas, que o ajudavam a destrinchar os intricados nós de suas histórias. Em uma dessas longas marchas, em 1999, King foi catapultado da estrada por uma van. Nosso farol teve o quadril deslocado, o pulmão perfurado e vários ossos quebrados (chegaram a sugerir amputação de uma das pernas). Mas Steve sobreviveu e persistiu, e depois de alguns anos terríveis de recuperação, já refeito, comprou o veículo que o atropelou para destruí-lo por conta própria (mas acabou se contentando em ver a van destruída em um ferro-velho). A partir daí a máquina do Maine voltou a trabalhar a todo vapor.

Não sei se a autoria da frase é de Peter Straub, mas esse grande romancista disse certa vez que "Stephen King tirou o terror dos castelos da Transilvânia e o colocou na vizinhança", e é engraçado como King se infiltrou no inconsciente coletivo de diferentes países. De posse dessa ideia, uma pequena semente maldita também germinou em meu cérebro. Desde então, venho me dedicando a encontrar mentes criativas e talentosas, escritoras e escritores de vários mundos que, em algum momento de suas vidas, também estiveram no rastro do Homem do Maine.

Para compor um projeto dessa magnitude, não bastava escrever e encontrar aliados. No fundo, ainda faltava um detalhe fundamental: um castelo, uma torre, um lar.

Quando surgiu a ideia inicial desta antologia, senti que a DarkSide® Books tinha o mesmo desejo que eu de homenagear o mestre. Amparado pelos ossos fortes da Caveira, o passo seguinte foi selecionar autores que dialogassem com a obra e tivessem nossa mesma admiração indestrutível pelo Rei. Não foi uma tarefa fácil, confesso, mas ainda enfrentaríamos outro probleminha neste jogo perigoso.

Como muitos fãs de Stephen King sabem, ele sofre de algumas fobias, entre elas a *triscaidecafobia*. Mas que diabo é isso? Bem, King realmente não gosta daquele número de dois dígitos — dez mais três, cinco somado a oito, doze mais um; vocês entenderam... Por outro lado, a Caveira não só gosta, como se apoia nesse número místico para atrair boa sorte e proteção. O que eu pude fazer para resolver esse impasse e promover a estranha, inusitada e desejada união mística foi escrever uma das histórias. Dessa forma, dez mais três viram dez mais quatro e, bem, podemos equilibrar essa macabra relação.

Com todas as cartas na mesa e a vitrola tocando AC/DC no talo, dedicamos nosso tempo e energia criativa para compor o melhor projeto possível, e fizemos deste livro nosso presente, nossa medalha de honra a Stephen King e aos seus leitores fiéis.

Nesta homenagem, um leitor constante reencontrará histórias que fizeram parte de sua formação cultural e de sua vida. Elas foram tão importantes para as mentes criativas deste livro que se tornaram a inspiração principal para um novo passeio perturbador. A metade sombria de cada um. Poetas, rappers, escritores, criminólogos, cineastas, jornalistas, produtores. Nessa seleção você encontrará talentos únicos e inusitados que transformaram suas loucas obsessões em palavras assustadoras e cativantes.

Seja nas prateleiras de VHS, nos momentos mais assustadores da vida real ou nas livrarias, King estava sussurrando suas histórias em nossos ouvidos enquanto crescíamos, dizendo que haveria uma estrada especial para cada um e que, no final, o importante mesmo é ter uma boa história para contar.

Agora chega de ser falastrão, porque já passa da hora de desejarmos um bom passeio pelas terras pavimentadas com o suor e o sangue de Stephen King. Como um último aviso, não se preocupe se as sombras da noite o apavorarem algumas vezes, afinal, nós estamos com você.

Cesar Bravo

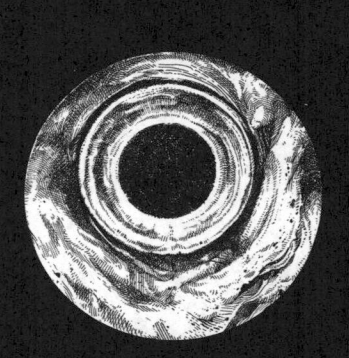

VIDA LONGA AO REI

Louis Creed, jovem médico de Chicago, acreditou que a felicidade morava em uma pequena cidade do Maine. Uma casa incrível, um trabalho na universidade, o sorriso da esposa contagiando os dois filhos. Mas o Cemitério Maldito logo o notou e usou um caminhoneiro em alta velocidade para acabar com a festa. Você seria capaz de se perdoar se tivesse destruído a vida de uma família inteira?

CREED

por

CLÁUDIA LEMES

— Creed.

A voz da velha parecia a de um sapo. Ela não falou, e sim *coaxou* "Creed". E foi a primeira palavra que saiu da boca dela em dez anos.

Asher continuou com os olhos fixos na tela da televisão, o prato de comida irradiando calor pela virilha. Foram necessários dois minutos para que a parte racional de sua mente, aquela que se mantinha ligada apesar do transe induzido pelo programa *Emergência 911: As Mais Intensas Ligações — Especial de Natal*, percebesse que a palavra saíra dos lábios da velha.

Ele virou o rosto para o canto da sala, onde a cadeira de balanço ficava virada para a janela. *Ela falou? E não, não pode ter sido esse nome. Imaginei isso.*

Asher se levantou.

— Nanna? — Estendeu um braço e tocou o ombro dela. A avó não deu um pulo, não se encolheu; ela permaneceu em sua catatonia, apenas pele esticada sobre ossos. Asher era um homem grande e poderia esmagar aquele ombro com um bom apertão. Mas mesmo sendo um assassino, não era capaz de machucar uma alma viva. Nem baratas ele matava no apartamentozinho escuro e úmido de um bairro desolado em Bangor.

Nanna não disse mais nada, voltando confortavelmente ao seu estado habitual de imobilidade. E por dias Asher sentiu que o silêncio da casa, antes tão bem-vindo, era agora um vazio vibrante que poderia ser cortado, a qualquer momento, com o sobrenome do bebê que ele matou num dia ensolarado na Rota 15.

No consultório, ele tocou no assunto, talvez para evitar conversar de outras coisas. As cortinas brancas difundiam a luz solar, que beijava os tecidos e superfícies de tons pastéis da saleta aconchegante.

— Nanna falou.

A terapeuta olhou do bloquinho para os olhos dele. Sorriu, de verdade.

— Ora, Asher, isso é bom. O que os médicos disseram? É um progresso, um sinal de que ela vai acordar?

Asher Linton ainda não se sentia à vontade com a nova psicanalista. Mas não podia exigir que a antiga, a recém-falecida dra. Lewis, continuasse seu tratamento.

Com um pouco de raiva, ele pensou: *Bom, se eu a enterrasse no... ela voltaria a viver e poderia continuar a cuidar de mim.* O pensamento foi tão amargo, tão alheio e diferente que ele precisou beber um gole da água morna que eles disponibilizavam no consultório. *Isso é só uma história idiota daquele povo de Ludlow.*

A nova doutora, Marie, parecia olhar para ele como se ele estivesse desperdiçando seu precioso tempo. Suas palavras eram sempre delicadas, assim como o tom, mas ele via em minúsculos espasmos nos seus lábios e em certo brilho em seus olhos que ela tinha nojo dele. Asher não era estranho a olhares daqueles, nenhum gordo é; mesmo antes de ser O Homem que Atropelou Gage Creed, ele já era repugnante para a sociedade. Depois do incidente ficou tão repugnante para a própria esposa que ela pegou as crianças e foi embora. *E por que pensar nisso mais uma vez se é justamente o assunto que quero tanto evitar?*

— Telefonei para o médico que cuidou dela anos atrás. Ele disse que não era um mau sinal, mas que eu não deveria me empolgar muito.

Ela assentiu.

— O que ela disse?

Creed, ele pensou. Mas não falou. Sabia o que a doutora diria: *Você com certeza imaginou coisas. Sua culpa é tão grande que está te pregando peças. Ora, Asher, já não basta ter perdido seus filhos, sua esposa, seu emprego, todos os seus amigos, o amor dos seus familiares, toda a sua patética autoestima e toda a sua paz?* E naquele momento ele prenderia os olhos num ponto da parede e desligaria aquele elo entre audição e compreensão, e a deixaria falar até o fim da consulta. Para evitar tudo aquilo, ele mentiu:

— Disse uma palavra apenas: milho. Ela gostava de comer milho quando... antes de ficar quieta.

A dra. Marie anotou algo no caderno.

— Ofereceu milho para ela?

— Sim, tinha umas latas. Ela ficou igual, sem se mexer, olhando para o nada além da janela.

A dra. Marie clicou a ponta de sua caneta. Asher odiava o gesto, o som afetado que fazia, o ar de "vamos logo aos negócios, seu doidinho, aqui nós temos pressa". *Clic*, você é um retardado. *Clic*, Deus me dê paciência, *Clic*, eu deveria ter escolhido outra carreira.

Ele respirou fundo, porque era tudo o que podia fazer.

Era aniversário da morte daquele menino, e ele sabia que a dra. Marie sabia.

Ela inclinou os ombros para ele, como fazia para demonstrar interesse. Tão jovem, parecia ter sido sempre inteligentíssima.

— E como anda sua compulsão por comida? O que jantou ontem?

Ele decidiu não mentir desta vez.

— Dois cheeseburgers com bacon, uma Pepsi grande e dois cupcakes de chocolate de sobremesa.

Duas covinhas nos cantos dos lábios dela.

— E como se sentiu depois?

— Completo.

— Já falamos sobre isso.

— Sim, falamos. Mas tentei fazer dieta semana passada e não me senti melhor.

— Os benefícios aparecem a longo prazo.

— É. — Ele encolheu os ombros, fazendo os peitos tremelicarem o tecido da camiseta. — Parece besta me preocupar com minha aparência e minha saúde quando todo o resto tá um lixo.

— Bom, você precisa começar a se reerguer de alguma forma. Já faz vinte anos e você está chegando aos cinquenta. Com melhor saúde e aparência você terá mais disposição, e, por consequência, vai ser mais fácil andar pelas ruas, conversar com as pessoas e mesmo arranjar um emprego. É como dominó. Uma ação leva a uma reação, que por sua vez gera outra reação...

Ele apenas assentiu. Estava perdendo *Temptation Island*, seu reality show preferido. E tinha Nanna. Ele não gostava de deixá-la sozinha por muito tempo.

— Um dia ela vai morrer, Asher.

Havia certa finalidade na voz da terapeuta, como se cada palavra tivesse saído mais aguda, ou como se alguém tivesse reduzido o volume dos sons do mundo para que elas fossem ouvidas. O mesmo sorriso permanecia no rosto da dra. Marie.

— Todos morrem. Ela vai morrer porque está velha e doente e catatônica e, bem... sua família não vai mais te pagar para cuidar dela, e vão querer vender a casa. Você precisa se preparar.

Ele apenas assentiu.

— Quer falar de mais alguma coisa?

— Eu assisti a um programa de televisão esses dias que falou sobre síndrome de culpa do sobrevivente. Eu acho que eu tenho isso.

A dra. Marie perdeu o sorriso.

— Não, não é isso que você tem. Você tem culpa e depressão, mas nada do tipo. Essa é minha área: sei tudo que há para saber sobre a síndrome de culpa do sobrevivente: viver sem amor por si próprio, viver fazendo coisas absurdamente perigosas sem medo da morte, quase... *ansiando* por ela. Você perdeu todos que amava, mas eles estão vivos em algum lugar. Percebe que teve muito mais *sorte* do que as pessoas que magoou?

Ela era tão hostil. Ele teve o impulso de se defender:

— Não deveria tentar me animar um pouco? A dra. Lewis pedia para eu me perdoar. Você parece... me odiar, também, como tanta gente.

Ela sorriu.

— Ah, Asher, não, não é nada disso. É só a minha forma de *tratar* você.

Naquela noite, Asher sentou-se de frente para Nanna. A velhinha parecia um pássaro branco depenado. O que a mantinha viva naquela cadeira, dia após dia? Ele nunca parou de se perguntar o que acontecia na cabeça da avó. Perguntava-se se ela estava lúcida lá dentro ou se experimentava a vida através de imagens e sensações, num sonho eterno. Asher colocou a mão gorducha no joelho dela.

— Nanna, quer conversar? — Os olhos dela eram como os de bicho empalhado. Cintilavam, e apenas isso. — Eu te amo, Nanna, quero que saiba. E se quiser conversar... estou aqui.

Havia uma complacência em tudo o que Nanna era. Ela não resistia a nada. Asher a levantava e levava para o banho duas vezes por semana: ensaboava a pele solta e mole da avó com a indiferença que usava para lavar a louça. Ela ficava sentada ali na banheira, com o rosto bondoso de uma corsa, esperando ele fazer o que tinha que ser feito. Ele achava que, até certo grau, ela compreendia. Se um dia caísse nas mãos de alguém ruim, de uma enfermeira que a beliscasse e tirasse fotos ao lado dela na banheira, com as mãos formando um "hang loose" e a língua para fora, será que Nanna reagiria?

— Vovó, o que a senhora falou ontem... o que disse?

Nada dela. Como uma boneca ela permaneceu imune às palavras dele.

— Foi *Creed*, Nanna?

Ele não falava o nome havia anos, nem na terapia.

O nome da família que ele havia destruído quando aquela coisinha minúscula aparecera na estrada. A sensação nunca ia embora, nunca mudava. O coração dele disparando ao som de Ramones no rádio, os dois pés fincados no pedal de freio, o som (aquele *thud!* mais alto do que tudo), o frio que explodira no seu peito e a consciência de que ele arrastara uma criancinha pelo asfalto, com seu caminhão Orinco.

A imagem serena de Nanna ficou trêmula e ele fechou os olhos. Não chorava havia certo tempo, também. Mas não tinha vergonha de chorar.

Ele arrastou os pés pelo carpete de cheiro mofado, sentou-se de frente para a televisão e permitiu-se entrar em comunhão com a casinha: o lugar a que pertencia, onde estava protegido do convívio com outros, dos olhares, dos cochichos. Asher sabia que ninguém mais se lembrava do incidente, a não ser em Ludlow. Mesmo assim *ele* sabia quem era. Sabia que nunca mais colocara as mãos em um volante. Sabia que, embora amasse Nanna, ela era apenas uma desculpa para que não precisasse sair de casa, exceto para fazer as compras e ir ao consultório. A família só o deixava cuidar da avó se ele tomasse seus antidepressivos e continuasse a terapia.

A dra. Marie dissera que ele precisava se preparar. Asher acreditava que, no dia em que Nanna morresse, ele colocaria uma espingarda no queixo e puxaria o gatilho. Sair de casa pelas manhãs, manter um emprego, pagar as contas, ter que dirigir... ver as pessoas e ser visto por elas. Ter que conversar. Não, de jeito nenhum. Morrer era melhor. Às vezes, a morte é melhor.

— Zelda.

Dessa vez o coração de Asher não esperou para disparar num batuque frenético e histérico dentro da caixa torácica. Ele se levantou, sentindo o queixo duplo tocar sua clavícula.

— Nanna, o que disse? A senhora falou de novo? — Mesmo tentando manter o tom controlado, ele ouvia a qualidade metálica de

sua própria voz. O medo era como o fio que costura as gengivas dos mortos para que não
falem?
para que a mandíbula não se abra durante o velório, Ash.

Dessa vez, Nanna virou o rosto, poucos centímetros apenas, mas o suficiente para que os glóbulos azulados se fixassem num canto da sala. Asher procurou a fonte do seu interesse, sentindo que poderia enfartar, mas, além de sombras e um pouco de lixo seco, não havia nada ali.

— Zelda? — Nanna tornou a falar.

Ele agarrou o aparelho de telefone com as mãos gordas e suadas. Por um instante esqueceu como se usava o aparelho, mesmo que o utilizasse todos os dias para pedir comida. A mente pareceu sofrer algum tipo de choque, e, quando se recuperou, ele digitou o número de emergência. Então pensou no que falaria. E desligou.

Era só uma senhora catatônica tendo um episódio de lucidez. Podia parecer grotesco para ele, mas não era uma emergência. Ele se sentou na almofada escurecida e ficou ali, sem fôlego, sentindo o coração descarregar pânico em sua corrente sanguínea.

Nanna fitava aquele canto do quarto com um interesse que indicava razão, racionalidade, propósito dentro daquele crânio. E por mais que Asher ficasse ali, sem movimento, aguardando a próxima palavra, *aquela* palavra, a velha foi perdendo a aparência de vida. Voltou a assemelhar-se a um bicho empalhado com olhos de bolinhas de gude.

Asher afundou no sofá. Com as mãos amparando a cabeça, como se para sustentar o peso da sua existência inteira, ele ouviu-se chorar. O sol no para-brisa aquecendo o carro, o deslizar potente dos dez pneus no asfalto, a batida insistente do rock no rádio. E então aquela coisinha, que até então parecia ter estado correndo, diminuindo a velocidade, parando, PARANDO na estrada. Já não dava mais tempo. Asher soluçou, o peito puxando ar em espasmos. Tudo desde então, duas décadas inteiras em que vagava pelo mundo como se tivesse morrido na Rota 15 junto com

você sabe o nome dele, mas não pense nis-

Gage.
— Deveria ter sido eu — ele cantou num lamento baixo.

E o resto da família? Asher ouvira as notícias que as pessoas insistiam em dar a ele, como se para puni-lo pela morte daquela criança, já que o sistema judicial o absolvera. Ninguém tinha uma explicação para o que acontecera com os Creed. Mas algo, algum assassino em série ou em massa, algum drogado louco ou maníaco, havia atacado o bairro algum tempo depois da morte do menino e cometido atrocidades

sangue, terra, sangue, terra

contra a mãe dele, o pai dele e o vizinho idoso dos Creed

Ninguém acha que algo desse tipo é possível. Mas o mundo tem loucos demais, sedentos por sangue, e provavelmente a morte do garoto não tinha nada a ver com aquilo.

Asher ouvira uma vez que a casa onde haviam morado não fora vendida ou alugada. Alguns meses depois de toda aquela tragédia ele tivera um sonho em que a filha do casal, Eileen, entrava na casa que era dela por direito e vagava pelos cômodos, soluçando e procurando a família.

— Gaaaaa...

Asher esfregou os olhos e encarou Nanna com menos medo. Havia voltado, o brilho de reconhecimento no olhar, enquanto ela se esforçava para completar uma nova palavra. Mas havia algo de errado com o ângulo. Nanna não tinha os olhos fixos no seu neto e sim em algo atrás dele. As costas de Asher se aqueceram, os pelos se enrijeceram. Havia alguém atrás dele, ele não duvidou nem por um instante.

A velha sorriu.

Asher não deixou de reconhecer, apesar do medo e da aceitação de que morreria naquela noite (disso ele tinha certeza, de uma forma instintiva e secreta), que esperara anos para ver o sorriso sem dentes da avó.

O golpe mortal não veio. E ele já estava tão pronto para acabar com aquilo que conseguiu ter coragem de olhar para trás.

Nada.

E a avó abriu a boca mais uma vez; gengivas rosadas esticando saliva como queijo quente.

— Gaaaaa...

E a porta da frente da casinha se abriu.

Entregue, os pensamentos ainda naquele dia, ainda naquela estrada, Asher aceitou, sem resistência, que alguém havia entrado em sua casa. Só não compreendeu o porquê de ser sua terapeuta, a dra. Marie.

Tão diferente, tão *nova* naquele moletom escuro, o capuz emoldurando seu rosto fino. Ela tinha as mãos nos bolsos do casaco, agora, e inspecionava o lugar com o mesmo nojo que sempre acompanhava seus olhos grandes durante as consultas. Ela não gastou um segundo de sua atenção com Nanna.

— Eles eram felizes, sabia?

Ele não sabia, mas imaginou.

Havia telefonado, em meio ao seu pânico, para a dra. Marie? Era por isso que ela estava aqui? Ele havia tomado seus remédios, disso tinha certeza. Não podia estar perdendo a razão, podia? Ah, que bênção seria. Quantas vezes ele não havia implorado por isso? Pelo oblívio, pelo fim das lembranças do que tinha feito?

— Po-por que está aqui, dra. Marie? — conseguiu vocalizar.

Ela tirou a mão do bolso, algo escuro firme em seu punho. Algo negro e metálico que cintilou por um milésimo de segundo com a luz do abajur.

— Porque hoje é o dia em que aconteceu, e você sabe disso. Nós éramos tão felizes, Asher. Tão normais e cheios de falhas, mas obscenamente felizes. — A voz dela era distante, baixa. No entanto, cada sílaba tinha um peso, uma vibração de ódio e saudades. — Eles estariam lá, na minha formatura, Gage também. Papai me daria um carro. Minha mãe choraria. Meu pai saberia tratar meus namorados com respeito, disposto a ser um sogro diferente do dele. Minha mãe saberia conversar comigo sobre virar uma mulher. Teríamos Natais e Dias de Ação de Graças e abraços e brigas e choros e risadas.

Asher nunca imaginou que seria abençoado com um conhecimento tão claro, tão completamente inteligente como o que experimentava agora. Ele sabia o que estava acontecendo, como se Deus permitisse que ele entendesse. Perdera o medo. Só restava aceitação.

— Eileen Creed?

Ela assentiu, o rosto duro.

Ele também assentiu, como se houvessem acabado de firmar um acordo. Ele levantou a mão devagar.

— Por favor, não se comprometa dessa forma. Eu faço. Já tentei uma vez, alguns dias depois do...

E Asher movimentou-se com a lerdeza típica dos homens do seu tamanho, caminhou até o velho armário de cedro e com facilidade, surpreso com o pouco peso da espingarda que em outras ocasiões lhe parecera feita de chumbo, retirou-a. A Remington modelo 31 havia sido de seu avô, o carinhoso marido de Nanna, Peter, que morrera uns bons trinta anos antes, de câncer.

Asher sabia carregar a arma, não precisava ser um gênio para isso. E ela já estava carregada, pois não era a primeira vez que a retirara do armário com a intenção de usá-la em si mesmo. Agora, no entanto, seus movimentos eram mais confiantes.

O cano era enorme. A figura magra de Eileen permanecia no canto, estranhamente calma, sem medo de que ele a estivesse enganando e pretendesse se defender. Ela havia estudado psicologia e havia estudado Asher por meses naquele consultório, e ele sentiu certo orgulho da tenacidade daquela moça cheia de propósito, incapaz de perdão. Ou talvez ela também estivesse tão corroída de tristeza (ou síndrome de culpa do sobrevivente) que não possuía mais qualquer resquício de autopreservação ou amor pela vida.

Ele sentou-se pela última vez no sofá, acomodando a coronha da Remington no carpete fedorento. Ajustou o queixo mole contra a ponta do cano, sentindo-o frio e pontudo. Moveu os olhos para Nanna, que observava, curvada, totalmente sã naquele instante. Interessada. Sorrindo com lábios enrugados e sem cor.

Asher não olhou para Eileen Creed e não pediu para que o perdoasse, embora pensasse naquilo, implorasse que, após esta noite, ela pudesse voltar a ser feliz, o que ele duvidava. Era tarde demais. Havia perdido demais.

Ele deslizou a telha da espingarda para baixo, produzindo o esperado e familiar *clack-clack*.

O dedo gorducho entrou no guarda-mato e tocou o gatilho.

O olhar de Eileen pesava no rosto dele.

Nanna coaxou mais uma vez — Creed —, como se dissesse "eu avisei".

E dois segundos depois o tiro ecoou pelo bairro quieto onde Asher passara seus últimos vinte anos.

A jovem Ellie saiu da casa sem ser vista e com a cabeça baixa e escondida pelo capuz, andando em passos largos até desaparecer na escuridão. Quando os vizinhos entraram na casa, cheios de curiosidade e um pouco de receio, havia um homem no chão com a cabeça estourada. No teto acima dele a explosão vermelha de um jato de sangue. E ao lado uma velha gargalhava com o rosto respingando sangue e pedaços de massa cinzenta e osso.

CLÁUDIA LEMES é escritora de Santos, São Paulo, apaixonada por livros e filmes de terror desde criancinha. Com sete livros publicados e participação em dezenas de outros projetos literários, ela trabalha como editora do selo Morgue da Ed. Lendari, tradutora, fundadora da ABERST (Associação Brasileira de Escritores de Romance Policial, Suspense e Terror), leitora crítica, autora de thrillers e mãe de três crianças, um gato e uma cobra.

"Blockade Billy", o maior jogador de beisebol da Major League, acabou sendo apagado do jogo, e mesmo os fãs mais dedicados do esporte desconhecem seu mais terrível segredo. Por aqui, onde o beisebol passa longe de ser paixão nacional, contamos com o futebol — e com zagueiros obscuros como Breno Flores. Um conto que vai te deixar em picadinho...

O ZAGUEIRO

por
VITOR ABDALA

Michel parou seu Ford Ka na rua vazia e batucou nervosamente a mão esquerda no volante, enquanto a unha do mindinho direito tentava tirar um resto de gordura de salaminho que ficara preso no fundo da boca. Por que a assessoria do zagueiro Breno convocaria uma coletiva de imprensa para as quatro da madrugada?

Quando recebeu o e-mail com o horário da coletiva algumas horas atrás, Michel Horta achou que havia algum engano. Em seus vinte anos como jornalista esportivo, nunca vira um jogador convocar entrevista para um horário tão ingrato quanto aquele. Mas a informação do e-mail estava correta, Michel fez questão de confirmar com o assessor de imprensa do jogador, que todos chamavam de Espaguete. A justificativa era de que Breno precisaria deixar o país na manhã seguinte. Ele queria dar explicações para a mídia e tranquilizar os seus fãs o quanto antes.

O zagueiro vinha sendo acusado de matar a ex-mulher, Rose, com quem fora casado por cinco anos. Também era acusado da morte da filha dela de oito anos. Ambas haviam desaparecido duas semanas atrás. A polícia abriu inquérito, mas até o momento não havia chegado a qualquer conclusão. A imprensa, por sua vez, se antecipava e publicava inúmeras reportagens com acusações contra Breno. Como muitos, Michel Horta não conseguia acreditar que o jogador tivesse feito aquilo. Ídolo nacional, sempre gentil com repórteres e fãs, Breno Flores havia acabado de ser convocado para a Seleção Brasileira e já tinha contrato assinado para jogar na Europa! Ele não seria tão estúpido de destruir sua carreira assim.

Enquanto se decidia a descer do carro, o jornalista lembrou-se de um livro de Stephen King. Meses atrás, Michel havia lido *Blockade Billy*, uma novela que contava a história de William Blakely, jogador contratado de última hora por um time da liga principal de beisebol americana. William Blakely, o Blockade Billy, se mostrava um jogador excepcional, rapidamente conquistava vitórias e fãs. Mas escondia um segredo obscuro.

Michel conferiu o celular mais uma vez, releu o e-mail enviado por Espaguete e confirmou se o endereço da coletiva de imprensa era realmente onde estacionara seu Ford Ka.

Não viu nenhum outro carro de reportagem estacionado por perto. Havia apenas outros dois veículos parados naquela rua deserta, nenhum deles com logotipos da imprensa. Talvez os repórteres tivessem decidido ir com seus carros particulares, assim como Michel optou por fazer. De qualquer forma, ainda era cedo. Seu relógio marcava 3h30.

Sem conseguir esperar dentro do carro, o repórter caminhou até o portão da mansão. Dava para ver que as luzes da casa estavam acesas. Michel sentiu um calafrio ao lembrar que, segundo o caseiro de Breno, o zagueiro tinha matado mãe e filha dentro daquela mesma casa, desmembrado seus corpos e servido os pedaços aos seus cachorros.

Depois do depoimento do caseiro, a Polícia Civil fez buscas na casa, mas nada suspeito foi encontrado. Sem provas mais concretas, a Polícia decidiu manter oficialmente sigilo sobre o caso. Mas em histórias como essa sempre há investigadores interessados em vazar informações e jornalistas ávidos por publicá-las. Logo, Breno se viu massacrado pela imprensa. Naquela coletiva, dizia a assessoria, o zagueiro queria se defender, dar seu lado da história, retrucar as "mentiras" da imprensa.

Michel pensou se deveria anunciar sua chegada usando o interfone, batendo palmas ou enviando uma mensagem para o celular de Espaguete. Decidiu usar o WhatsApp. Enquanto esperava resposta, pensou que, para comparecer àquela entrevista, havia desistido de sair com a Wandinha, secretária da redação que havia entrado recentemente no jornal e que vinha sendo alvo de cantadas persistentes do repórter. Ela finalmente aceitara seu convite para um chope. Convite que acabou sendo cancelado.

VOU ABRIR O PORTÃO, informava a lacônica mensagem de Espaguete. Michel entrou no terreno e subiu uma escada para chegar à entrada principal da casa. Ao pisar no último degrau, o repórter parecia ter encerrado uma prova do Iron Man. Sentindo todo o peso do sedentarismo regado a doses diárias de cerveja e salaminho, tudo o que queria era se largar no chão e pedir para jogarem terra em cima. Espaguete já o esperava com a porta aberta, sem sorrisos nem gentilezas no rosto. Não era para menos, Michel era parte da máquina destruidora da reputação do zagueiro Breno. Eles se cumprimentaram friamente.

— Chegou mais alguém? — o repórter perguntou.

Espaguete o olhava impassível.

— Da imprensa? Não, ninguém ainda — o assessor respondeu e estendeu a mão na direção do interior da casa, para que o repórter entrasse.

A sala era enorme, mas pouco mobiliada. Os olhos de Michel perderam-se naquela imensidão vazia e o repórter tomou um susto de leve quando a mão de Espaguete encostou em seu ombro.

— Vamos lá?

O jornalista pensou em perguntar "para onde", mas Espaguete se antecipou e explicou que o levaria até um espaço reservado para a entrevista. Era uma espécie de sala de cinema, com poltronas reclináveis e um telão. Depois que Michel entrou, Espaguete fechou a porta pelo lado de fora. Michel teve a impressão de ouvir o barulho da tranca sendo ativada.

Verificou o relógio ao mesmo tempo em que se sentava. Faltavam quinze minutos para o início da coletiva e ainda não havia sinal de seus colegas de imprensa. Começou a sentir-se incomodado de estar ali, na casa de Breno, sozinho. Na casa de um suposto assassino. *Cadê os outros repórteres?*

A porta se abriu e Espaguete posicionou-se sob o umbral.

— Acho que já podemos começar.

— E os outros repórteres?

— Só um instante. — O assessor saiu da sala, fechando a porta em seguida.

Não apenas fechando, trancando, Michel teve certeza dessa vez, ao ouvir a repetição da tranca sendo acionada.

O nervosismo crescia depressa. Nenhum colega havia chegado, a porta estava trancada, aquela era a casa de um cara suspeito de matar a ex-mulher e uma criança.

Mais uma vez Michel pensou em Blockade Billy e em seu passado violento. Breno poderia muito bem ser um psicopata, alguém que parecia ser gentil em público, mas que, em segredo, se revelava um monstro. E Michel sabia que o zagueiro poderia mesmo ser o monstro que a imprensa retratava.

Alguns meses atrás, Rose o havia procurado. Ela contara que, antes de se separar de Breno, tinha sido vítima de constantes agressões do zagueiro. Na época, por causa do perfil tranquilo de Breno e de algumas encrencas vividas por Rose — a ex-modelo tinha um passado bastante nebuloso —, Michel não quisera publicar uma única palavra sobre as acusações. Na visão dele, a mulher não queria aceitar a separação e espalhava mentiras para se vingar e aparecer sob os holofotes.

Michel a confrontou na ocasião. Se ela era agredida, por que demorou tanto para se separar? Por que não o abandonou depois da primeira agressão? Em geral, as presas correm quando reconhecem um predador. Elas não ficam paradas, elas correm. Era a mesma lógica cretina à qual ele sempre recorria quando se deparava com um caso de violência doméstica. Michel não se considerava machista, mas achava que se a mulher sofria violência do companheiro tinha que pular fora. Sim, talvez Breno fosse um monstro, mas ele não tinha como saber disso quando Rose aparecera no jornal denunciando as agressões. Agora ele tinha quase certeza, mas não naquela época. Depois do breve devaneio, Michel checou o relógio. Já eram quatro da manhã. Nenhum outro repórter dera as caras e o assessor o deixara trancado na sala. O nervosismo se transformava em medo e ele começou a pensar se não deveria arrumar uma desculpa e sair dali. Talvez ainda desse tempo de levar Wandinha para o boteco e, quem sabe, conseguir se dar bem naquela madrugada.

E se Espaguete me mantiver trancado aqui? E se Breno quiser acabar comigo? Foi tomado por uma agonia claustrofóbica. A sala era completamente selada para o exterior. Não havia janelas. A única saída era por aquela porta fechada.

Onde estão os outros repórteres?

Era uma pergunta que fazia cada vez menos sentido. A suspeita de que ninguém mais apareceria para a "coletiva" se confirmou quando ele checou mais uma vez a mensagem do assessor no e-mail.

Havia apenas o endereço de Michel entre os destinatários daquela mensagem. *Droga, droga, droga. Só você foi convidado, seu imbecil.*

Agora, ele precisava sair dali. Foi até a porta trancada e encostou a mão suada na maçaneta. Mas, antes que pudesse manuseá-la, ouviu o ruído da fechadura e se afastou. Era Espaguete de novo.

— O que está acontecendo aqui? Cadê o resto da imprensa? — Michel perguntou assim que Espaguete entrou na sala.

— Sente-se, por favor.

— Primeiro me explica que merda está acontecendo aqui. Por que não tem nenhum outro jornalista na casa?

— Não tem coletiva nenhuma. Será uma exclusiva, Michel — o assessor respondeu, mas não conseguiu empolgar o jornalista.

Repórteres adoram exclusividade, mas Michel naquele momento não queria ser exclusivo. Preferia estar rodeado de companheiros de profissão. Sentia até falta do Guedes, um jornalista com cara de fuinha que nunca conseguia furos, mas que sempre despertava a fúria dos colegas com o irritante costume de interromper o entrevistado antes que ele concluísse o raciocínio. Espaguete percebeu que Michel suava.

— Fique tranquilo... Já vamos começar — o assessor disse e tornou a sair da sala.

Dessa vez, a porta foi apenas encostada. Michel teve dificuldade em manter-se calmo. Secou a testa com um lenço amarelado que carregava no bolso e buscou controlar a respiração. Mas seu esforço para se acalmar foi em vão quando a porta se abriu e uma mulher apareceu à sua frente.

Era Rose. *O que ela está fazendo aqui? Então ela não está morta! O que esses caras estão aprontando?*

— Mas... o quê... — foi tudo o que Michel conseguiu balbuciar.

— É exatamente o que você está vendo. Estou viva. Assim como a minha filha — Rose disse e apontou para a porta, onde a menina permanecia encostada na aduela.

— Rose, o que está acontecendo aqui? Achei que você estivesse morta ou, sei lá, desaparecida. Eu não estou entendendo nada.

— O que você não está entendendo? Estou bem aqui na sua frente, viva...

— Cadê o Breno?

Rose sorriu.

— Vem comigo.

A mulher saiu da sala e seguiu por um longo corredor, de mãos dadas com a menininha. O repórter as acompanhou logo atrás.

Talvez tivesse se preocupado à toa. Breno não era um assassino. A mulher estava ali, firme e forte.

Mesmo assim, algo não cheirava bem. O clima estava estranho e Michel não conseguia se sentir tranquilo. Pensou inclusive se não deveria sair correndo da mansão.

Por fim, a curiosidade jornalística venceu.

Decidiu seguir as duas para entender o que estava acontecendo. Afinal era o único repórter ali e, qualquer que fosse o desfecho daquela história, ele teria o privilégio de contá-la com exclusividade. Os três atravessaram uma porta e chegaram ao jardim da mansão.

— Pra onde estamos indo? — Michel perguntou, enquanto seguiam por um caminho de pedras.

Nenhuma das duas respondeu. O instinto de sobrevivência de Michel ainda lhe dizia que mandasse o furo de reportagem às favas e saísse dali urgentemente. Mãe e filha pararam em frente ao canil. Lá dentro, os cachorros soltavam grunhidos furiosos.

— Você não queria entrevistar o Breno? — a mulher perguntou.

— Sim... quero dizer... não sei mais...

— Ele tá bem aqui. — Rose sorriu e apontou na direção do canil.

O que o Breno estaria fazendo ali dentro?

Tem alguma coisa muito errada aqui, Michel.

O repórter aproximou-se do canil e sentiu um odor de carne podre. Era um cheiro de morte. O cadáver de Breno estava sendo devorado por quatro cachorros. Os pit bulls mastigavam braços, pernas e tronco do zagueiro, mas a cabeça continuava inteira, o que permitia a Michel reconhecer o corpo.

— O que você fez? — o repórter perguntou para Rose.

Ela estava viva e Breno, morto. Morto e devorado por quatro diabos-da-tasmânia em forma de cachorro. Menos de uma hora atrás, Michel estava em seu carro, acreditando que participaria de uma coletiva de imprensa de rotina. Sim, num horário esquisito, mas ainda assim de rotina. Agora estava ali, diante de uma mulher desaparecida havia duas semanas e que, até minutos antes, ele acreditava estar morta.

— Eu matei o filho da puta — ela disse. O rancor aparente na voz.
— Matei o escroto do Breno. O babaca quis foder com a minha vida, com a vida da minha filha.

Apesar da situação em que se encontrava, Michel, sem saber por quê, voltou a pensar na Wandinha. Poderia estar tomando um chope com ela agora, em vez de conversando com uma assassina. Por que não havia mandado um estagiário qualquer fazer aquela entrevista em seu lugar? Por que não tinha fugido dali quando tivera a chance? Não acreditava que poderia morrer sem conseguir dar umazinha com Wandinha. Tantos flertes preparando o terreno e não ia chegar a seu objetivo final.

— Todos acharam que você estava morta...
— O Breno tentou me matar, mas não conseguiu — disse Rose.
— Você sabia que ele ia tentar me matar um dia, Michel. Eu te contei, mostrei as marcas das agressões, e você não quis publicar no seu jornal.

— Por quê... Por quê...? — O repórter tentou, mas não conseguiu completar fosse lá o que quisesse dizer.

— Por que o quê, Michel? Por que te chamei aqui? — Um sorriso malicioso estampava o rosto de Rose. — Para essa pergunta você já tem uma resposta, seu repórter de merda. Mas a pergunta de ouro é: por que você ainda está vivo?

Michel arregalou os olhos e levantou os braços, em posição de rendição.
— Por quê? Por que você ainda tá vivo? — a mulher gritou dessa vez.
Michel não sabia o que dizer.
— Corre... — ela se limitou a dizer, diante do silêncio do repórter.
— Hã?
— Corre! Seu tempo está se esgotando... — A mão da mulher movia o trinco do canil.

Rose ainda estampava aquele sorriso cretino. Já a menina preferia sustentar um olhar apático.
— Cê... Ó... Erre... — a mulher soletrou. — Erre... É...
Michel olhou ao redor buscando a opção mais viável, a que exigiria menos de seu corpo acostumado ao ócio. O som metálico e agudo

do trinco do canil ressoou mais alto. O barulho dos cães comendo a carne de Breno cessou. Michel decidiu que seria mais inteligente começar a correr em direção ao muro do quintal. Os cachorros se concentraram no portão do canil e começaram a latir, latidos que pareciam as trombetas do Apocalipse quando as bestas foram soltas. Os pulmões do repórter queimaram, o coração parecendo reclamar por receber adrenalina em vez de gordura saturada.

Por que aceitei cobrir essa merda de coletiva? Por que não fui beber um chope com a Wandinha?

Os pit bulls estavam quase em seu calcanhar quando ele alcançou o muro. Apesar de estar um pouco acima do peso, Michel não era exatamente gordo. Com toda a energia que conseguiu reunir, foi fácil convencer seu coração de que, para continuar sendo abastecido com doses tóxicas de *junk food*, era preciso continuar vivo. Mas Michel precisou implorar para que os músculos de sua perna não o abandonassem àqueles pequenos demônios. Milagrosamente, seus braços conseguiram alcançar o alto do muro, mas, antes que pudesse subir, sentiu a agonia mais horrível desde sua lendária dor de dente em Saquarema. Um dos cachorros havia agarrado a batata de sua perna. Michel perdeu parte das forças e, por muito pouco, não despencou no gramado onde outras três bestas aguardavam para dilacerar seu corpo nada atlético. Mas ele segurou firme e manteve a posição, mesmo com aquele desgraçado esgarçando a batata de sua perna esquerda. A porra do cachorro continuava agarrado a ele como se não houvesse amanhã, devia pensar que era um tubarão-branco.

O pit bull pesava de forma quase insuportável. Michel não aguentaria por muito tempo. Mas o fato é que todos os seus órgãos normalmente ociosos estavam em alerta máximo, movidos pelo receio de nunca mais receberem uma gota de álcool, ou um salaminho, ou uma nova chance com a Wandinha... Aproveitando-se de um momento em que o cachorro afrouxou levemente as mandíbulas para reacomodar sua mordida, Michel acertou um chute bem no meio da fuça do bicho. Livre do animal, conseguiu, com muito esforço, puxar o resto do corpo para cima de muro. Ele ainda permaneceu por algum tempo ali, recuperando o fôlego e mandando o cachorro se foder, para só depois aterrissar no terreno vizinho. Uma hora depois, estava num pronto-socorro, suturando o ferimento e telefonando para seu contato na Polícia Civil.

— O Breno está morto. A ex-mulher matou ele. Acho que o assessor é cúmplice — ele cuspiu informações ao policial.

Foi um custo enorme convencer o inspetor da polícia de que a mulher estava viva, assim como a criança, ambas dadas como mortas. De início, o policial achou que Michel estivesse fazendo alguma piada de mau gosto, transtornado pelos anestésicos, mas acabou sendo convencido a enviar uma equipe ao local, pelo tom desesperado e pela insistência do repórter.

Michel deixou o posto de saúde mancando e finalmente foi para casa. Apagou assim que deitou no sofá.

Sete horas depois, despertou com o toque insistente de seu celular. Seu contato na Polícia Civil estava ansioso para dizer que eles realmente encontraram o corpo de Breno. Como Michel havia dito, o zagueiro estava dilacerado dentro do canil. Os cachorros fizeram a festa.

— Mas, Michel, algo não está se encaixando. Você tem certeza de que conversou com o assessor hoje de madrugada? — o policial perguntou.

— Sim, como eu te falei, foi ele quem me recebeu na casa.

— Espaguete também está morto. Encontramos o corpo estirado no sofá, com um buraco de bala na testa.

— A desgraçada matou o assessor também?

— Não achamos que a Rose seja a responsável pelas mortes. E também não acreditamos que você tenha conversado com Espaguete oito horas atrás. Ele já estava morto quando você foi até a casa do Breno. Está morto há mais de 24 horas.

Michel engoliu em seco e não soube o que dizer para o policial. Aquilo era impossível. No período em que Espaguete já estava supostamente morto, ele tinha mandado e-mails, respondido às mensagens pelo celular e o recebido pessoalmente na casa de Breno!

— Michel, ainda está aí?

— Não pode ser um engano? Pode ser que ele tenha morrido há algumas horas e...

— Acho improvável. O legista, Luís Alberto, já está nesse ramo há mais tempo que a gente está neste mundo. O cara já viu de tudo. O assessor morreu há mais de 24 horas, possivelmente na manhã de ontem, não há nenhuma dúvida quanto a isso.

Tudo bem, Michel. Acalme-se. Tudo tem uma explicação, por mais bizarra que tenha sido sua madrugada. A mulher deve ter matado o Espaguete logo depois que soltou os cachorros em cima de você. O legista se enganou, isso acontece...

— E a ex-mulher do Breno? Ela estava em casa? Conseguiram prender a Rose?

O inspetor ficou em silêncio durante algum tempo.

— Como eu disse, não achamos que ela tenha matado Breno e o assessor. Michel, você também tem certeza de que encontrou essa mulher?

— Não vai me dizer que também encontraram o corpo dela...

— Não, não. A mulher e a criança continuam desaparecidas. Mas encontramos as mensagens trocadas entre os celulares de Breno e Espaguete. Eles conversaram, algumas horas antes de morrerem.

O inspetor continuou explicando que os dois tiveram uma discussão acalorada na troca de mensagens. Nas conversas, os dois citaram a morte da mulher e da menina. Espaguete dizia que tinha sido um erro assassinar as duas. Breno afirmava que não tivera outra saída, que a ex-mulher ameaçara denunciá-lo à polícia pelas agressões sofridas e entrar na justiça para arrancar tudo o que ele havia conquistado. O jogador ainda disse que havia tentado resolver a situação civilizadamente, que estava disposto inclusive a dar algum dinheiro a ela, para que o deixasse em paz.

— Mas ela não aceitou. Disse que queria metade do patrimônio ou arruinaria sua carreira — continuou o inspetor. — Então, num acesso de fúria, ele a matou.

Segundo o policial, Breno contou com a ajuda de Espaguete para se livrar dos corpos. O assessor insistia que ia acabar dando merda, que a imprensa estava em cima, que a polícia ia acabar descobrindo tudo. E exigiu dinheiro do jogador para não contar nada para a polícia. Precisava de grana para fugir do país. Então o zagueiro convidou Espaguete até a sua casa, para se acertarem. E o destino dos dois foi selado nesse encontro.

— Como foi essa reunião? Como os dois acabaram mortos?

— Não sabemos ainda. Nossa tese é que eles tiveram uma briga e Breno matou o assessor. Aparentemente, ele atirou na cabeça do empregado no sofá da mansão, depois entrou no canil e se suicidou também com um tiro. Mas isso só os laudos periciais poderão confirmar.

— Por que Breno se suicidaria?

— A gente não faz ideia. Talvez ele estivesse num beco sem saída. Sua reputação estava sendo manchada e sua carreira poderia ser completamente destruída, as pessoas se suicidam por vários motivos. Realmente não temos uma resposta para essa pergunta.

Michel não sabia o que pensar sobre tudo aquilo.

Ele havia conversado com Rose e visto a menininha. Elas não podiam estar mortas. E se Espaguete também já estava morto havia tanto tempo, como respondera às suas mensagens e o recebera na casa de Breno? Michel se perguntou se tinha mesmo ido até a casa de Breno e se encontrado com Espaguete e a mulher, ou tinha sonhado com a coisa toda. Não, não sonhara. O celular confirmava as conversas com Espaguete num horário em que, segundo o legista, ele já estava morto. Sua batata da perna tinha uma enorme sutura. As lembranças da visita à casa de Breno estavam tão vívidas que quase podia sentir o cheiro de morte que saía do canil.

Não, não queria pensar em mais nada. Abraçou-se a uma garrafa de cachaça que encontrou no armário da cozinha e bebeu tudo em menos de uma hora.

Michel acordou algumas horas depois, com alguém batendo insistentemente à sua porta. Ainda tonto, levantou-se e caminhou lentamente para atender. Quem seria? Ele não costumava receber ninguém em seu apartamento além da mãe, mas ela nunca chegava à noite, não sem avisar. Podia ser algum vizinho babaca. Talvez fossem os policiais querendo colher seu depoimento. Com muita sorte, a Wandinha, que, preocupada, conseguira seu endereço na Redação. Mas não era a mãe, os policiais, Wandinha ou o vizinho babaca. Rose e a filha estavam ali.

Com a pele roxa, marcada por cortes e mordidas, ambas pareciam saídas de um livro de horror de Stephen King. E não estavam sozinhas. Quatro pit bulls, os mesmos que o perseguiram na mansão, babavam e rosnavam, prontos para uma refeição completa. Rose sorriu e disse:

— Corre...

VITOR ABDALA nasceu e cresceu no Rio de Janeiro. É fã de Stephen King desde que, ainda criança, ficou sem dormir depois de assistir ao filme *O Iluminado*. É jornalista e autor de três antologias de contos, além do romance de terror policial *Caveiras* (2018).

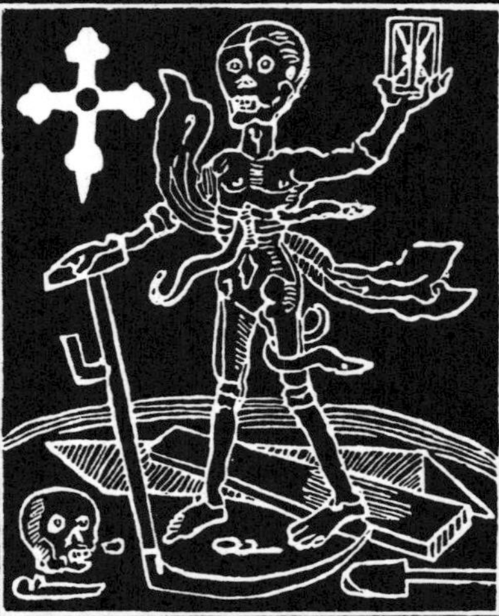

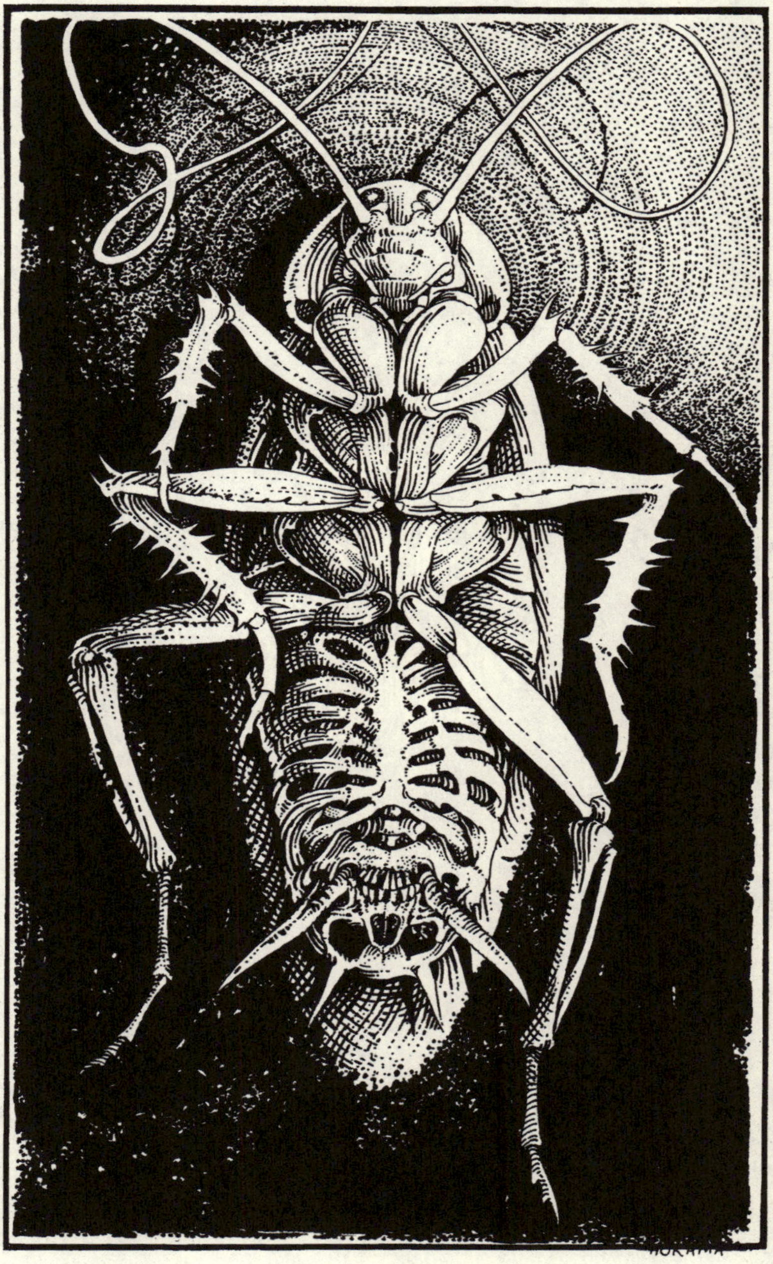

Em "Outono da Inocência — O corpo", King cria um impressionante rito de passagem, da juventude para a maturidade, apresentando a quatro adolescentes um cadáver da mesma idade deles. A história é tão boa que se transformou no filme Conta Comigo, *revelando atores como River Phoenix, Corey Feldman e Kiefer Sutherland. Mas quer saber? Eu sempre me perguntei como aquele garoto azarado acabou se transformando em um corpo.*

ANTOLOGIA

GRANIZO FINO

por

CESAR BRAVO

O garoto acordou, virou o rosto no travesseiro e admirou os primeiros raios de sol que se arriscavam pela madeira rachada da janela do quarto. Seria errado sentir pena daquela luz? Tão errado quanto sentir pena de si mesmo? Aquele quarto, aquela vida. Por Deus, não era um bom lugar para se estar.

 De pé novamente e já vestido com uma camiseta verde e o jeans *re-re-reformado* que herdara de um dos primos, o menino caminhou até a porta, repassando mentalmente os planos que já se arrastavam por alguns meses. O primeiro ponto estava resolvido, ele conseguira acordar bem cedo. Esse era o único jeito de deixar a casa, antes da chegada do pai e depois da saída da mãe. O garoto ainda a amava, e seria duro demais abandoná-la, mas às vezes a vida é o que é, e passa bem longe do que desejamos que ela seja. Talvez deixasse um bilhete dizendo uma bobagem qualquer, algo que a tranquilizasse até a chegada da noite. Sobre o pai, ele era o motivo. Sua raiva, sua frustração, o alcoolismo que levava àquela febre inexplicável e violenta. Lagosta já havia quebrado o braço em uma daquelas surras. Também perdera a contração da pupila direita e um dos dentes da frente, mas o dr. Deighan colocara outro no lugar, nada sério — infelizmente, depois de dois anos do implante, a prótese estava bem escura, mas tudo bem, nada sério. Mas era sério para algumas pessoas. A avó paterna do menino, por exemplo, ameaçou chamar a polícia por duas vezes, e se o próprio Lagosta não a tivesse impedido, Norma teria colocado o próprio filho na cadeia.

Para um menino do antigo Maine, no entanto, as primeiras surras não pareceram uma coisa tão séria. Aquele tipo de correção exagerada acontecia o tempo todo nas décadas de 1950 e 1960, principalmente em lugares esquecidos como a cidade-bosta chamada Chamberlain. O problema com as correções de Lagosta, no entanto, é que elas estavam se tornando mais regulares que as refeições.

Os planos seguiam sem tropeços. Mãe não estava em casa, Pai também não, o cachorro grande do velho dormia e babava, depois de ganhar um bife temperado com o fenobarbital de seu dono. O menino gostava do bicho, mas o cão (uma mistura de dobermann com alguma outra coisa grande) não retribuía o afeto. Ele não era seu amigo, o grande Sailor era um serviçal de seu pai, um carcereiro.

A mochila teria que ser emprestada do velho, porque o menino não tinha nada parecido com aquilo. Ele tinha, sim, uma bolsa de couro cru que lembrava um pano de chão e não daria para nada melhor que um ou dois cadernos, mas a mochila do velho era diferente. Era grande, resistente, nascida no tempo em que ele serviu o exército. O menino ouvira coisas daquela guerra maldita, coisas terríveis. Mãe dizia que o velho Barney tinha voltado diferente daquele lugar, e que era preciso perdoar muitas das barbaridades que ele fazia, porque era algum tipo de doença de soldado. Ele não fora o único. O menino sabia de outro homem na sua cidade, Ralph era o primeiro nome, ele voltou dizendo coisas sobre Deus e sobre como todos eram impuros e maus na terra. A verdade é que Ralph dizia tanta besteira que as pessoas começaram a falar bobagens sobre ele também. Coisas como ele ficar nervoso e causar incêndios e acidentes, e que talvez Ralph fosse algum tipo de demônio em vez do santo que dizia ser.

Maçãs, pães, uma ou duas latas de feijão e o que mais coubesse na mochila e não a tornasse impossível de ser carregada. Também um pouco d'água, porque o garoto não conhecia nada além de alguns quilômetros de Chamberlain, no sentido de Castle Rock. Mas ele conhecia a linha do trem, conhecia a direção de um ou dois rios, e conhecia um destino muito melhor do que continuar apanhando até perder a vida. Bem, era o que o menino pensava.

Conforme Lagosta foi se afastando da cidade onde nascera, uma espécie de escuridão cresceu dentro dele. Um vazio.

Bem ou mal, todos os que conhecia estavam ali. Seus pais, sua única avó viva, o padre Tom, que ouvia suas confissões, a professora Patrícia, que o alfabetizara, e Peter e Rachel — seus únicos amigos de verdade. Se bem que Peter tinha começado a tirar sarro dele com os outros meninos no verão passado, a chamá-lo de esquisito, de farol queimado (por causa daquele olho estranho) e de bola de fogo (acreditem, Lagosta não é nem de longe o pior apelido de um ruivo). Peter chegou a perguntar quantos remendos as calças de Lagosta ainda aguentavam até mostrarem o ponto mais escuro do seu traseiro. Poxa, se já não era fácil ser pobre, ser pobre no meio de gente metida a rica era uma verdadeira tragédia.

Lagosta não revidava. Não que não desejasse dar o troco, mas brigar na escola significava apanhar o triplo em casa, e pouca gente nesse mundo batia tão forte quanto o velho Barney. Além disso, sua mãe poderia acabar se envolvendo de novo, então o velho Barney bateria nela com o dobro do triplo da força, como tinha feito no último Natal quando a deixara desacordada durante todo o aniversário de Jesus Cristo.

Antes de dar as costas ao passado, o menino tirou o boné e admirou a cidade. Com o sol da manhã, tudo parecia mais brilhante e bonito do que realmente era. O posto de gasolina onde o velho Barney fazia serão (depois de perder seu comércio de grãos, Barney fazia o que podia para levantar algum dinheiro e não morrer de fome), a Ewen High School, o prédio do Corpo de Bombeiros que até semanas atrás era o grande sonho profissional de Lagosta. Ele não tinha a mesma ambição dos outros meninos de se tornar um soldado ou um comerciante esperto, não depois do velho Barney voltar para casa com a cabeça esfarelada, falir seu comércio e decidir que seu único filho era seu mais novo inimigo de guerra. Bombeiro parecia diferente, uma coisa boa de verdade.

— Tudo bem, eu tentei gostar de você — Lagosta disse à cidade sonolenta e esfregou os olhos. Chorar não fazia parte dos planos, de jeito nenhum.

Depois de caminhar por horas sob um maçarico celestial, Lagosta não pensava mais na cidade, em seus pais ou em como seu passado conseguia ser mais fedido que um monte de estrume. Tudo o que ele queria naquele momento era uma boa sombra, um lugar mais fresco para continuar caminhando. Agora que vencera os limites de Chamberlain e adentrara os primeiros metros de Oxford, seus pés começavam a ficar grudentos, havia bolhas enormes nos dois calcanhares e alguma coisa incomodando a canela direita. Claro que sim, outra lembrança do velho Barney, um chute de inauguração dos onze anos, porque Lagosta não tinha demonstrado toda a felicidade que deveria depois de receber a porra de uma camiseta listrada de presente de aniversário.

Deus, por que os pais se tornam monstros? Eles deveriam proteger seus filhos, certo? Ampará-los, guiá-los, prepará-los para a construção de um mundo melhor. E o que eles fazem? Batem em você, oprimem, e, no caso dos mais empolgados (como Barney), tratam os filhos com o mesmo respeito que teriam por uma cueca suja. Isso quando eles simplesmente não dão no pé e te deixam por conta própria, é, sim, acontece — e em alguns casos (vide Barney novamente), seria bem melhor que fosse assim.

Para sorte de alguns e azar de muitos, naqueles anos distantes a região de Castle era basicamente uma floresta com inserções de concreto e umas poucas estradas, então não foi tão difícil para Lagosta encontrar a sombra das árvores e ainda manter os olhos nos trilhos. Oh, sim, e foi seguindo esses trilhos que o menino se afastou tanto de sua cidade que chegou ao ponto de esquecê-la.

───

Lagosta comeu o feijão quando o sol ameaçou deixar seus cabelos ainda mais vermelhos, por volta do meio-dia. Voltou a caminhar meia hora depois. Às seis da tarde estava tão cansado que se deitou um pouco, nos restos de um galpão abandonado que encontrou pelo caminho. Havia várias dessas construções arruinadas ao longo dos trilhos, partes de uma realidade que não era dele nem de ninguém, de sonhos que nasceram e faliram em um mundo que seguiu adiante. A miséria beliscando, dizendo que não havia saída, que gente como Lagosta, gente que saiu do saco de gente como o velho Barney, não merecia conhecer as partes boas da vida.

Pelo menos o abrigo era seguro o bastante para um cochilo.

Não tinha telhado, mas tinha porta. Lagosta se deitou logo depois dela, de modo que, se alguém forçasse a passagem, ele seria acordado. Usando a mochila do velho Barney como travesseiro, arriscou um sorriso maldoso, imaginando a cara do pai quando percebesse que, além do filho, perdera a única coisa boa que voltou com ele daquela guerra maldita.

───

Dormir ao relento não é para qualquer um, mas, cansado como estava, Lagosta sequer tentou encontrar um lugar melhor. Já passava das dez da noite, estava escuro de verdade, e, se ele não tinha um teto, pelo menos tinha quatro paredes descascadas ao seu redor. Claro que poderia sair dali e se enfiar no mato para dormir, porque às vezes a maldade humana que rondava os trilhos conseguia ser bem pior que a fome e o veneno dos animais selvagens, mas pareceu mais lógico continuar na construção. Sua mãe era quem costumava dizer que os homens maus andavam margeando os trilhos, bebendo seus venenos, vadiando e procurando as mocinhas e os rapazes mais incautos. O que ela não dizia era seu motivo para continuar dormindo na mesma cama que um homem mau e incauto. Seria amor? Ela ainda o amava? Como alguém era capaz de amar o velho Barney? Amar os gritos, os peidos, os socos, os pontapés na porta e muitas vezes na carne?

Dentro do que restava do galpão, a noite ficava mais escura.

Eram os pensamentos insones, correntes de ideias tão frias quanto as águas do rio Castle. Talvez ele não devesse ter escolhido a fuga. Pensando racionalmente, o velho Barney enchia a cara dia-sim-dia-também, a mãe ficava fora a maior parte do tempo, não seria tão difícil assim ir até a cozinha, apanhar uma faca bem afiada, chegar perto da cama e...

O menino sacudiu a cabeça, assustado com a noite e consigo mesmo. Lá fora, um estorninho gritou e um cachorro latiu, morcegos soltaram uma dúzia de vocalizações riscadas, quase mecânicas.

Santo Deus, ele não queria matar seu pai. Podia parecer certo, podia até mesmo parecer cristão, mas o padre Tom sempre dizia que a morte nunca traz um alívio maior que a justiça. Encolhido naquele casebre arruinado, Lagosta quase podia enxergar a expressão transtornada de seu pai. No começo ele ficaria uma fera, daria uma de durão, talvez enfiasse a mão na mulher e a culpasse por tudo que há de errado no mundo. Mas então a noite cairia de vez e a porta da frente não traria seu filho de volta. Os vizinhos começariam a falar. Ele iria até a polícia e o delegado Herman desconfiaria dele, porque todo mundo sabia que velho Barney era um bêbado filho da puta. O delegado destacaria alguns grupos de busca, talvez drenasse um ou dois rios da região, mas a lei sempre manteria seus olhos miúdos sobre o velho Barney. Se ele não morresse de tanto beber, talvez deixasse o vício de uma vez por todas. Então, na velhice, doaria seu testemunho aos mais jovens, chorando, arruinado, mencionando o filho que acabou desaparecido, talvez morto, porque seu pai era um alcoólatra de merda. Sim — o garoto sorriu —, isso era justiça.

Lagosta ainda sorria dessa e de outras possibilidades bem menos elegantes quando um chiado oco o trouxe de volta ao mundo. Não era muito alto, nada definido, lembrava a respiração de um animal ofegante. Existiriam lobos naquela região? Improvável. Mas, se Mãe estivesse certa, haveria dezenas de homens maus. Eles deviam respirar daquela mesma maneira, parecendo cansados e ofegantes; a cobiça e o desejo resvalando nas cordas vocais antes de deixarem a boca.

Deus, eu não matei ele, eu nem tentei! Eu sou um bom menino, não deixa eles me pegarem.

O menino continuava deitado sob o cobertor. As pernas esticadas contra a porta, a lanterna ainda apagada na mão direita. O peito subindo e descendo, apertado, trabalhando com metade do oxigênio que costumava usar. Todas as outras formas de vida mergulhando no silêncio. Ele sentia o coração nos ouvidos, o estômago revirando, e aquela respiração. Não havia mais vento nas árvores, grilos conversando ou trens distantes riscando suas rodas nos trilhos. Nada de cães, estorninhos ou morcegos. Nada que não fosse aquele ofegar orgânico e lupino.

Algo forçando a porta.

Meu Deus, não! Eu não quero morrer! Não assim!

Um golpe, não muito forte, mas certamente na altura dos pés.

Silêncio.

Então aquele pedido sussurrado.

— Eu sei que você tá aí, me ajuda, droga!

Se não se tratasse de uma garota, era bem provável que Lagosta não tivesse se mexido, mas Mãe jamais concordaria que ele ouvisse uma menina pedindo ajuda e ignorasse a pobrezinha.

— O que aconteceu? Tá machucada? — o menino perguntou enquanto ela atravessava a abertura.

— Não, mas se você não ficar quieto eles vão machucar nós dois. Lagosta se apressou em recostar a porta e colou as costas à madeira.

— Eles quem? — sussurrou.

— Eu não sei, tá bom? Mas eles têm uma espingarda. Devem ser de Derry, aqueles babacas gostam de caçar cervos nas florestas daqui. E sendo babacas de Derry, eles também gostam de caçar meninas. Agora cala essa boca se não quiser terminar a vida enfeitando a parede de alguém.

Lagosta se calou. E, enquanto ficou calado, aproveitou para olhar bem para aquela garota.

O rosto estava um pouco encardido, os tênis, praticamente arruinados, o vestido branco tinha milhares de tonalidades marrons e não mais que dois centímetros da cor original. Ela tinha os cabelos claros, parecidos com os da mãe de Lagosta.

Depois de cinco minutos do mais absoluto silêncio e observação, não se ouvia mais nada do lado de fora.

— Acho que eles já foram. — Ela rompeu o silêncio e se levantou do canto onde permanecia desde a entrada. — Que ideia foi essa de roubar o meu abrigo?

— Eu não roubei nada.

— Ah, não? — A garota apontou para o canto oposto, para uma pilha de entulhos coberta parcialmente por um pedaço de janela. Levantou a madeira, havia uma trouxa feita de lona embaixo dela.

— Eu não vi, não tinha como saber.

— Claro que não. Garotos da cidade... vocês são mesmo uma graça. Meu nome é Claire, garoto da cidade. Claire Wise.

— Eu sou o... Lagosta. Todo mundo me chama de Lagosta.

Queria usar seu nome verdadeiro, claro que sim, mas ainda não confiava nela. A garota poderia sair dali e ir direto para a polícia, entregá-lo e tentar receber alguma recompensa por sua localização. Eram dias difíceis na região de Castle Rock, se você procurasse com um pouco de atenção, encontraria pessoas vendendo a mãe ou alugando os filhos.

— Qual é a sua história, Lagosta?

Um, dois, três... mais de cinco segundos e você é um mentiroso!

— Eu moro em um orfanato, em Chamberlain. Pelo menos eu morava até essa manhã.

— E era tão ruim assim?

— Era pior. — Lagosta esticou o antebraço direito. Havia queimaduras na pele, cinco manchas mais ou menos redondas causadas pelo cigarro sem filtro do velho Barney.

— Nossa, isso é...

— Uma correção. A gente recebia algumas quando fazia besteira. Se quiser eu mostro as minhas costas.

— Não, acho que não. — Claire abriu sua bolsa, se abaixou e começou a procurar alguma coisa.

— Eu não roubei nada, tá legal?

— Se eu achasse que você roubou, ia ter mais uma correção, bem no meio desse olho que não abre direito.

Lagosta piscou. Sentiu vontade de retribuir o desaforo, mas guardou a reação para si mesmo. Ela era uma garota, era bonita e, além disso, ele não queria passar o resto daquela noite sozinho.

— Estou fugindo dos meus tios. Eles eram boas pessoas, mas foi só até eu completar 14 anos. Aí meu tio começou a ser uma pessoa boa demais para ser verdade. Você conhece a história. Meloso, querendo me pegar no colo a toda hora, perguntando se eu precisava de ajuda no banho. Eu peguei o filho da puta me espiando, então caí fora. Já faz algum tempo que eu tô na estrada.

— Eu sinto muito.

— Sinta muito por você mesmo, menino órfão. Estamos na mesma. Você também perdeu seus pais, não foi?

— É...

Um, dois, três, quatro...

— Eles morreram em um acidente de carro quando eu tinha 5 anos. Era pra minha avó me criar, mas acho que ela não gostou muito da ideia de dividir a miséria que recebia do governo. Foi ela quem me levou para o orfanato municipal.

— Que merda. — Claire se levantou e pendurou a bolsa de lona no ombro direito. — Bom, é isso aí. Tenha uma boa vida, Lagosta.

— Aonde você vai? Agora? De noite? E os caçadores?

— Eles já devem estar longe. Além disso, quanto tempo vai demorar pra encontrarem este lugar?

Os dois trocaram um olhar mais longo, igualmente analítico.

— Pela cor do seu rosto você andou no sol o dia todo. Eu já estou nessa há mais tempo, então digo que é melhor caminhar de noite. Tem o problema dos caras maus, mas se você ficar longe das lanternas e das conversas deles, dá até pra se guiar pelas estrelas. Sem contar que é bem mais fácil roubar comida de noite. Tem algumas casas de temporada nesta região, de caçadores ou de bêbados, ou de caçadores bêbados. Eles enchem a cara e a gente pega o que conseguir carregar. Parece bom pra você?

— Acho que...

Ela já estava atravessando a porta.

Nada de caras maus, o que não tornou aquela aventura noturna mais confortável. Eram dois garotos em uma floresta, um menino de doze e uma menina de, no máximo, quatorze. Lagosta chegou a acender a lanterna que tinha roubado do velho Barney, mas Claire disse que, se não apagasse aquilo, ela quebraria a lanterna na cara dele. Era perigoso andar no escuro, mas ela estava certa; naquele breu, a lanterna era praticamente um localizador.

— Faz muito tempo que você fugiu? — o menino perguntou a certa altura, apenas para espantar o sono. Já era alta madrugada, ele estava exausto e sem dormir quase nada, mas o avanço era notável. De onde estavam agora, já era possível ver o que um dia fora a ponte de Harlow. Por toda parte havia lembranças da enchente que quase tinha destruído a região, mas com a ponte era um pouco pior, praticamente não sobrara nada. Lagosta conhecia o lugar, porque quando ele e Peter ainda eram amigos, o pai de Peter os tinha levado até lá para pescarem e ido atrás de uma puta.

— Não muito — Claire enfim respondeu —, mas eu aprendo rápido. Minha tia costumava dizer que eu tinha saído à minha mãe, algum tipo de sobrevivente. Aprendi a me orientar pelas estrelas com o meu pai, mas isso faz mais tempo ainda.

— Para onde estamos indo? Tá escuro, a gente pode se machucar feio nesta floresta.

— É mais seguro do que andar perto dos trilhos onde um trem pode aparecer e... Pow! — Ela se virou e gritou. Lagosta acabou se desequilibrando e caiu de costas; Claire já lhe estendia a mão direita.

— Por que os garotos são tão covardes?

— Não somos covardes, somos prevenidos. — Ele aceitou a ajuda. As mãos se tocaram; as delas, mais quentes e úmidas. Os olhos se cruzaram. Se não fosse uma noite tão escura, ela teria visto a pele do menino se igualando à tonalidade dos cabelos.

Então, aconteceu. De trás de uma das árvores, o garoto ouviu aquela voz cigarrada dizer:

— Não se mexe, filho. Eu não quero estourar a sua cabeça.

Lagosta não se mexeu em um primeiro momento, mas só porque não conseguiu. O pânico o tomava. Congelando ossos, afrouxando tendões, mantendo os músculos estáticos e incapazes. Algo que não se refletia na bexiga e nos intestinos, que estavam prontos para trabalhar em dobro.

— Quem é você? — perguntou ao homem. — Claire!? — chamou pela garota.

— Claire? — O homem deu um passo na direção do menino, sustentando a espingarda e a mira. — Ela não é nenhuma Claire, meu filho. Rita, Cassy, Eleonor, essa fedidinha aí tem mais nomes que um palhaço de circo.

— Eu tive que fazer isso ou ele ia me matar.

— Ainda pode acontecer se você não fechar o bico — o homem mau disse e a golpeou com a mão direita. A garota tombou, caiu de cara em um pedaço de madeira e ganhou um rasgo abaixo do olho esquerdo.

— Fica quietinho, rapaz. — O homem refez a mira. — A putinha me obrigou a bater nela, mas não precisa ser assim com você.

— O que você quer? Por que tá apontando essa arma pra mim?

— É trabalho, garoto, é só trabalho. Tem gente que planta, gente que colhe, e tem gente que procura meninos como você. Esse tipo de gente paga gente como eu pra facilitar o encontro, entendeu? Agora, não me dê trabalho, sim? Fique onde está e vamos ser bons amigos. Depois você vai conhecer meus outros amigos e eles vão te levar pra passear. Eles têm trailers, carros e furgões; e têm dinheiro.

— Não, eu não vou pra lugar nenhum! — gritou. Havia alguma umidade em um dos olhos, mas o garoto não chorava.

— Olha só pra você. — O homem baixou a arma, não totalmente, só um pouco. — Você é mesmo um dos bonzinhos, não é? Aposto que faz a lição da escola, que chega em casa antes de escurecer, eu daria meu braço direito se você não reza todas as noites antes de cair no sono. O que me diz, filho? Você é um bom menino?

— Sou, eu sou, sim — Lagosta ofegou.

— É uma pena, sabe? Porque aqueles meus amigos, eles adoram meninos bonzinhos.

Agora Homem Mau sustentava uma corda na mão esquerda. Até então ela estava enlaçada em sua cintura, fazendo as vezes de cinto. A mão direita ainda segurando a arma, o homem sorrindo, o bafo expelido cheirando a carne podre. Ele era um monstro. Não como os que existiam nas revistinhas e no cinema, mas como os que existiam em cidades como Derry, Haven e Castle Rock.

O homem chegou mais perto, Lagosta recuou um passo.

— Fica paradinho aí, Cabelo de Fogo, eu só preciso amarrar você.

— Fogggeeee! — Claire golpeou o monstro com o mesmo galho que riscara seu rosto.

— Eu vou te pegar, sua putinha! Vou te pegar e te rasgar de dentro pra fora, tá me ouvindo?

Lagosta já tinha corrido vinte ou trinta metros quando ouviu o homem e seu sotaque horrível pela última vez.

E ele continuou correndo, se batendo nas árvores e tropeçando em arbustos, continuou correndo e ouvindo os passos crescendo em sua direção.

Aquele homem não era só mau, ele era o que sua mãe chamava de coisa ruim. Alguém que se perdera na própria vida, que não sabia mais o que era certo ou errado. Ou talvez ele soubesse exatamente o que fazia, mas fosse incapaz de agir de outra maneira, um homem doente que ostentava um duplo zero no lugar dos olhos. Luzes acesas, ninguém em casa.

Quando os músculos da barriga começaram a queimar, os passos se reduziram pela metade. A boca seca, o coração trabalhando em dobro, o peito latejando. Incapaz de continuar correndo, o garoto se escorou em um grande olmo e conteve a respiração ofegante, se esforçando inutilmente para descobrir a posição de seu perseguidor. Lagosta ouvia os sons da noite amplificados e dolorosos, sentia que a escuridão se interessava cada vez mais por ele. Pensou em cobras, lacraias e escorpiões, pensou em venenos e dores que ainda desconhecia. Mas a escuridão também podia ser controlada. Depois de tanto tempo sem luz, ele não precisava de lanternas ou da lua para enxergar os trilhos do trem. Estava um pouco distante da linha, trinta ou quarenta metros, mas, para quem já havia andado trinta quilômetros ou mais, aquilo não era nada. Onde havia trilhos existia uma chance de encontrar ajuda, certo?

Ligeiramente mais recomposto, o garoto conferiu se estava sozinho, respirou fundo e começou a correr.

Pés ligeiros como asas, o vento brincando com a pele, uma nova garoa refrescando o corpo. Mas era cedo demais para esfriar, Lagosta ainda precisava correr e correr, precisava voar para bem longe de Back Harlow Road. A floresta ainda o queria, arbustos espinhosos riscando o jeans das pernas, as irregularidades do solo tentando derrubá-lo a cada passo. Mas não foi o terreno forrado de folhas ou um arbusto malicioso quem o atirou no chão: foi um pé calçado com bota de segurança.

O rosto teve alguma sorte e se chocou no tapete de folhas, mas o peito acabou em cima de uma pedra. O ar foi embora, a dor tomou seu lugar; os sentidos se confundiram por um curto e decisivo espaço de tempo.

— Não adianta correr, filho. Eu conheço essa droga de floresta igual conheço a bunda enorme da minha mulher. Desiste, tá certo? Eu só estou fazendo o meu trabalho, não é nada pessoal.

O menino moveu o braço direito lentamente, a mão sentiu as britas que compunham parte do chão e se encheram com muitas delas. Lagosta ergueu os olhos.

— Filho da puta! — Jogou o punhado de pedras com toda a força que tinha, direto nos olhos daquele desgraçado. Lagosta se reergueu, girou o corpo e, antes que conseguisse arrancar, havia uma mão segurando seu tênis. O menino escoiceou, chutou a mão que o agarrava com o outro pé e conseguiu se livrar, deixando apenas o calçado para trás. Deu mais dois passos, então...

POW!

O mundo ficando colorido. Depois cinza. Depois preto.

POW, POW!

Tudo girando, o estômago esfriando, a bexiga e os intestinos perdendo o tônus. As pernas se afrouxando e deixando o corpo tombar. A ausência de dor ou de qualquer outra sensação. Mas o garoto ainda podia ouvir. Mesmo com o corpo se despedindo e com as pernas pulsando como uma rã eletrificada, ele ainda podia ouvir tudo.

— Puta merda — o homem ofegou. — Olha só o que você me fez fazer. Não era pra ser assim, garoto, eu não sei o que aquela gente ia fazer com você, mas não dava pra ser pior do que isso, dava?

O homem o agarrou por baixo dos braços e começou a arrastá-lo.

— Nós vamos colocar você perto da linha, aí vão pensar que você foi burro o bastante pra não ver o trem chegando. As pessoas acreditam no que é mais conveniente pra elas, e, se a gente der sorte, ninguém vai encontrar o seu corpo. É isso o que você está se tornando, meu filho, um corpo.

O corpo agora estava seguro, não exatamente nos trilhos, mas em uma vala bem próxima a eles. O tênis ficou um pouco para trás, mas Homem Mau não colocaria as mãos naquilo novamente, naquele pé que começava a morrer de vez.

Um pouco cansado, ele se sentou ao lado do menino agonizante e sacou uma bebida de um dos bolsos do casaco. Tomou um bom gole.

— Eu enterraria você, mas preciso alcançar aquela putinha. Você ajuda uma infeliz, cuida dela em vez de entregar pro pessoal que paga seu salário, e qual é a recompensa? Ela trai você e te abandona. É isso que as mulheres fazem, Cabelo de Fogo, eu digo isso pra você como diria ao meu próprio filho. Isso se ele não tivesse morrido, é claro. Mas tudo morre um dia, não é mesmo? Você, por exemplo, eu vou contar o que vem agora. Primeiro você vai morrer de vez, e eu apostaria em uma ou duas horas até acontecer. Eu te acertei algumas vezes com a coronha, mas a pior pancada foi na parte de trás da cabeça. Nem foi tããão forte assim, mas um monte do que tinha aí dentro acabou do lado de fora. Bom, mas eu dizia que depois que você morrer de vez seu corpo vai inchar, você vai ficar tão grande quanto um menino gordo, tão grande quanto alguém que morreu afogado. Depois disso vêm as formigas, os vermes e os besouros (*as furmiga, os vérmi e os bizorro*), eles vão se interessar e vão comer você, de fora pra dentro e de dentro pra fora. Talvez chova, e, se chegar a cair gelo, vai acertar seus olhos e a sua pele. Mas o senhor não podia me ouvir, não é mesmo? Me diz, filho: o que pode ser pior que a morte? O que pode ser pior que se tornar um cadáver? Um corpo?

O homem se levantou, e cansado como estava precisou se apoiar nos joelhos.

— O último favor que eu vou fazer é te virar de costas. — O homem começou a fazê-lo. — Lembra que eu falei do *granito* nos olhos (*no zóio*)? Eu não quero que você passe por isso, morrer já me parece punição suficiente. Com a menina vai ser diferente, eu vou encontrar ela por nós dois. Pode ser que leve um ou dois dias, porque aquela putinha corre feito uma lebre e conhece alguns atalhos. Mas eu sei de *outros* atalhos, passagens que ninguém conhece nesta região, lugares especiais. E quando eu encontrar a sua... Claire, ela vai gritar tanto e tão alto que você vai ouvir lá do Inferno. Ela vai pagar pelo que fez, não se preocupe.

Antes de sair, o homem apoiou a mão esquerda sobre o rifle e cruzou o peito com a outra mão. Estava de frente para Lagosta, para o corpo. Concentrado, o assassino olhou para a copa das árvores que o separavam do céu.

— Eu não sei pra onde o Cabelo de Fogo aqui vai, mas tratem bem do garoto. Amém.

Os passos logo foram se afastando. A solidão se tornando a nota mais alta da noite, o corpo começando a esfriar. Lá longe, um gato selvagem gemeu e uma coruja reclamou do granizo fino que começava a cair do céu.

CESAR BRAVO nasceu no interior de São Paulo, na cidade de Monte Alto. Mesmo sendo um viciado convicto em horror, começou a publicar tardiamente, primeiro de forma independente. O pacto com a DarkSide aconteceu em 2016 e já rendeu dois livros: *Ultra Carnem*, lançado em 2016, e *VHS — Verdadeiras Histórias de Sangue*, que ganhou o mundo em 2019, além da tradução de *The Dark Man: O Homem que Habita a Escuridão*, de Stephen King.

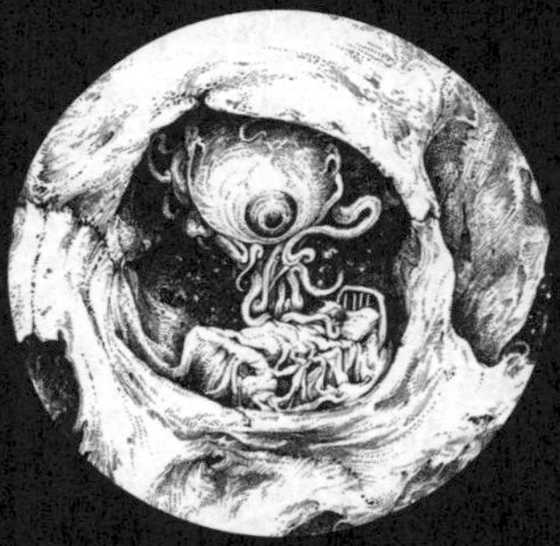

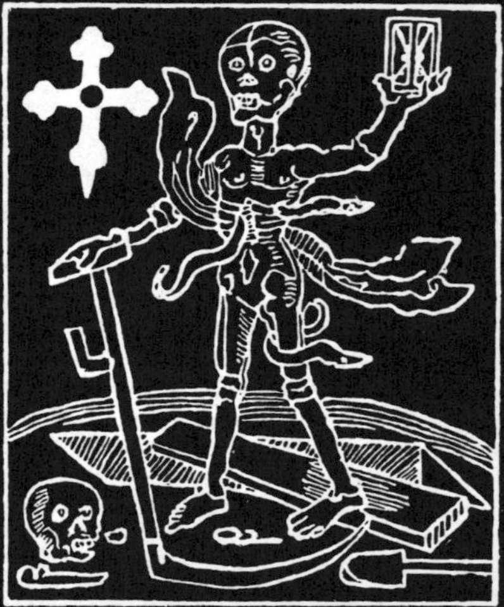

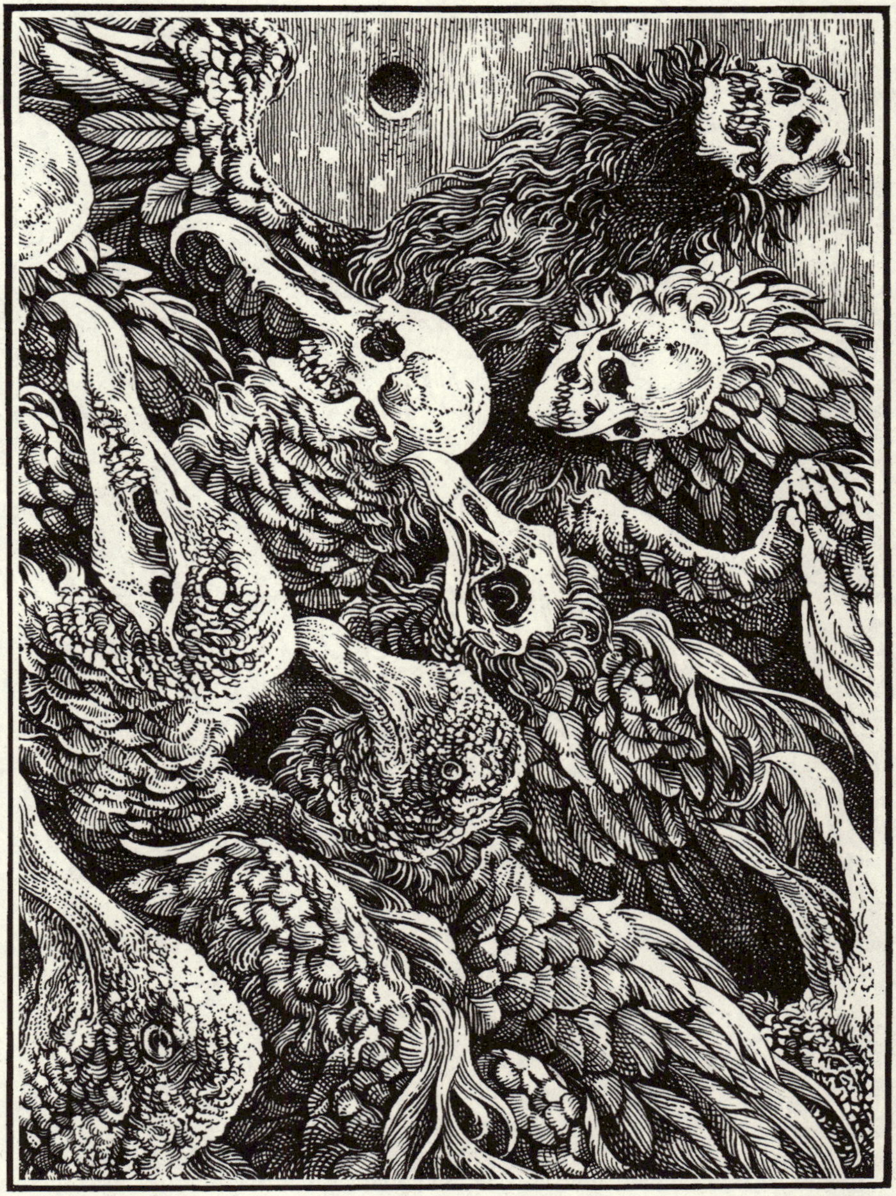

A cidade de Salem's Lot *tem um segredo. Ele é velho, tem dentes afiados e está faminto por novas vítimas. Mas segredos mortíferos podem se esconder sob várias máscaras, inclusive a agourenta máscara da ditadura. Mas que bruxaria é essa, você me pergunta? Bem, estamos longe de Salem, então é ler para crer!*

ANTOLOGIA

A HORA da BRUXA

SK

por
CAROL CHIOVATTO

1347

Esfregou o tecido puído na beira do riacho, com tal vigor a ponto de esfolar os dedos. Doeu menos do que o aperto em seu peito. Uma nuvem de sangue manchou a água, espalhando-se em forma de névoa antes de a corrente levá-la. *Sem batismo*, ecoava o choro desesperado da mãe, ainda fresco em seus ouvidos, embora tivesse cessado horas antes.

O maldito padre recusara-se a vir. Não punha os pés em casa de bruxa, mandara dizer. Devia existir um lugar especial no Inferno para quem recusava um sacramento a uma mulher que havia carregado um filho por nove meses e passado dois dias em trabalho de parto apenas para vê-lo *morto*.

Um cadáver passou, arrastado pela correnteza. Coberto por manchas negras. Com um berro, Celina largou o lençol e saltou um metro para trás como se a água houvesse se tornado corrosiva. Teria sido melhor se tivesse, na verdade. Seus olhos aflitos acompanharam aquele mau presságio enquanto ela secava as mãos nas vestes. Não que isso pudesse protegê-la do contágio.

Abandonou seu único lençol para partos ali mesmo, abraçou o corpo e voltou para casa, tentando imaginar se naquela época do ano ainda nascia alguma erva para poder preparar o remédio de Maria, a fiandeira, e trocá-lo com ela por um novo tecido.

Provavelmente não. Teria de dar um jeito, nem que usasse seu próprio lençol de dormir para o trabalho. Não poderia deixar mulher nenhuma dar à luz direto na palha, ou não a procurariam mais. Com os boatos associando-a à bruxaria, só a contratava quem já não tinha dinheiro para uma parteira mais bem afamada. Celina era boa, já salvara do vale da morte muitas mães condenadas. Às vezes falhava, infelizmente. Corpos desnutridos não tinham condições de parir, muito menos uma criança sadia.

Caminhava de volta para casa maldizendo sua sorte, quando atentou aos berros. O sol descia no horizonte, banhando o mundo em sombras. Um pressentimento assolou-a com tamanha força que quase a sufocou. Avistou o fogo. Devia estar imenso, para se fazer ver àquela distância.

Algo a deteve: o receio do que encontraria ou a sensação de estar sendo observada. Olhou ao redor, sem saber o que buscava. Um calafrio a percorreu e, naquele momento, a baderna na vila pareceu-lhe menos ameaçadora do que a origem daquela impressão, fosse qual fosse. Apressou o passo. O sol já se punha.

A fonte do fogo, logo percebeu, era sua casa. Pessoas cercavam o incêndio, gritando coisas sem sentido, das quais Celina só captou fragmentos: presumiam-na responsável pela morte do bebê, também pela curiosa perda de sangue de duas crianças na noite anterior e por trazer a peste à aldeia. E, por isso, queimaram sua casa com todas as suas coisas e desejavam fazer o mesmo com ela, para aplacar a ira de Deus por terem sido complacentes com uma bruxa.

Celina hesitou nas sombras. Ainda sentia o estranho peso de um olhar sobre si, que a assustava mais do que a perspectiva de enfrentar a multidão furiosa. Nunca antes fora alvo desse olhar, tinha certeza; o povo daquele lugar não tinha esse poder, não causava tamanho terror. *Mas de onde vinha?* Um instinto inexplicável sobrepunha-se à ameaça tangível no calor do fogo. Já tinha ajudado tanta gente ali. Decerto alguém falaria em seu favor.

Quem estava tentando enganar? Aquelas pessoas queriam culpar alguém. Precisavam de um bode expiatório.

O destino decidiu por ela: bem quando o sol se pôs e a sensação sufocante agigantou-se sobre ela, algumas crianças apontaram-na, atraindo a atenção de todos.

— Ali, a bruxa está *ali*!

Celina desejou correr, mas seu pavor não permitiu. A origem incompreensível do sentimento de algo estar à espreita a paralisava mais do que a iminência de ser queimada viva. Como era possível?

Quando os aldeões a vieram buscar, Celina percebeu que eles também sentiam aquele profundo e inexplicável terror, porém o atribuíam à *natureza nefasta dessa bruxa*, e não a alguma coisa externa ao vilarejo. Ela já tinha sido julgada, e sem direito à defesa.

— Ela matou o meu bebê! — gritou a mulher cujo sangue Celina estivera lavando no riacho antes de ser obrigada a abandonar o lençol na água poluída.

— E fez alguma coisa com o meu filho! — ajuntou outra.

— E com a minha filha! — berrou uma terceira.

Arrastaram Celina para a frente da casa em chamas. Queimavam dois corpos ali, acometidos pela peste, segundo os gritos de alguém. Não a deixavam falar; temiam seus feitiços. Atiravam-lhe coisas. Cuspiam. Celina fora tomada por uma profunda apatia. Só conseguia se perguntar a razão de estar passando por isso e o motivo de o medo do destino próximo não lhe fazer sequer *cócegas*, se comparado ao pânico anterior. Devia ter enlouquecido.

Alguém indicou algo no alto e gritou:
— O Diabo!
Todos olharam, incluindo Celina. O pavor retornou, explodiu em seu peito, sufocou sua garganta, tirou-lhe a força das pernas. Um homem pairava no alto, acima de suas cabeças. Gritos, correria, rezas. Em um instante, a multidão desapareceu. A aldeia ficou deserta. Todos se entocaram em suas casas, abandonando-a com aquele homem.

Uma risadinha grave tocou seus ouvidos, congelando o coração. O homem perdeu altura, até graciosamente pousar diante dela, sem emitir ruído algum. Celina soltou o ar, trêmula, incapaz de desviar o olhar. O fogo dançava naqueles olhos estranhíssimos, quase espelhados. Ele sorria de lado, a cabeça inclinada, considerando-a. Celina estremeceu sob aquele escrutínio.

O homem era moreno, embora pálido, alto e magro, mas não do mesmo modo visto em pessoas miseráveis e famintas. Trajava fino linho e sapatos *de verdade*. Não ficaria deslocado na presença do príncipe — não que Celina já o tivesse visto, porém aquela postura altiva combinava com sua ideia sobre a Corte.

Ele se aproximou, segurou o rosto dela e o ergueu para si, analisando-o à luz das chamas. Por Deus, eram olhos assombrosos. Pareciam vermelhos e brilhantes demais, e a faziam prestar atenção e pensar em todas as coisas que desejava na vida, mas jamais poderia ter.

— Sois o Diabo? — murmurou Celina.

O homem pareceu perplexo, e então intrigado. Agachou-se diante dela, analisando-a. Uma de suas mãos começou a afrouxar as cordas com as quais homens a haviam amarrado, acariciando sua pele com as pontas dos dedos quando possível, quase como se por acaso. Celina nem disfarçou seu asco.

— Qual Diabo, minha querida? O obediente servo de Deus dos primeiros livros do Antigo Testamento ou o anjo rebelde dos últimos? A serpente do Éden ou o deus babilônio demonizado pelas pregações de Elias? Qual deles achas que sou, hein?

Celina estremeceu outra vez. Não fazia ideia do que ele estava falando. Acaso havia mais de um diabo? Não, lembrava-se de o padre explicar que o Diabo podia aparecer em várias formas, segundo a conveniência.

— Sois ou não? — ela insistiu.

— Não. — Ele terminou de soltar as cordas, por fim; segurou seus braços pouco acima dos cotovelos e a ergueu do chão, levantando-se junto. — Mas para todos os teus conterrâneos, que ainda nos observam, eu sou, e vim salvar-te da morte. Aos olhos deles, isso é prova definitiva de que és uma bruxa.

— Eu não...

— Engraçado, também pensei que não fosses, mas te mostraste imune ao meu poder.

— Qual poder?

Ele segurou o queixo dela, forçando-a a olhá-lo, e envolveu seu corpo com o outro braço. As labaredas refletiam-se nas pupilas quase vítreas, fazendo-a pensar numa casa confortável com uma boa lareira e muita comida na mesa. Celina julgou entender, em parte. Tentou desvencilhar-se.

— Vê? — Novamente, ele parecia intrigado. — Eu me pergunto o que aconteceria se te provasse. Nunca encontrei uma bruxa de verdade antes. Apenas charlatãs e dementes.

Aquele homem era esquisito e repulsivo. Era como se uma aura purulenta emanasse dele e a envolvesse, envenenando-a. Por mais que se debatesse, não parecia afetá-lo; ele reagia como se atingido por gotas de chuva.

— Vamos para um lugar mais confortável.

— Se não sois o Diabo, quem sois?

— Tenho sido chamado de Boerescu. Konstantin Boerescu — respondeu como se aquela informação revelasse alguma coisa além de sua origem estrangeira.

Sem entender como, de repente um vento forte a tomou e Celina viu-se dentro de um quarto, com uma cama de verdade, uma lareira, uma banheira e paredes de pedra. Olhou ao redor. Não parecia ser um sonho. Para onde tinham ido a vila, sua casa, o fogo?

Ele também estava ali, o Diabo que não era o Diabo, e falou com alguém à porta ("sim, mestre", disse o interlocutor) antes de acender a lareira, enquanto uma Celina imóvel e confusa apenas o assistia.

— Como não a posso coagir com sutileza, minha cara, serei obrigado a recorrer a métodos mais antiquados — falou calmamente. Depois ergueu-se com o atiçador metálico em mãos e dobrou-o sem aparente esforço. — Cada desobediência será um osso quebrado, está bem? Por favor, não teste seus limites.

Uma fileira de criados entrou carregando água quente e despejando-a na banheira. Todos pareciam fantasmas: muito pálidos, com olheiras arroxeadas e perfurações duplas no pescoço. Encheram rápido a banheira e partiram, mudos, mas não sem avaliar a recém-chegada com algo semelhante a *apetite*. Uma matilha cercando a presa. Embora sentisse calafrios, Celina permaneceu onde estava.

— Dispa-se e banhe-se — ele ordenou, acomodando-se numa cadeira.

Quando a moça lhe lançou um olhar indignado, ele apenas indicou o atiçador entortado.

— Eu estou... hum... com as minhas regras.

— Ah, eu sei. É muita sorte a sua, na verdade.

Não querendo interpretar demais aquela alegação, Celina virou-se, despiu-se depressa e entrou na banheira. O olhar fixo dele pinicava sua pele, concentrado, mas não exatamente excitado. Alguma parte da consciência de Celina ainda imaginava estar sonhando, por mais real que tudo parecesse, enquanto o resto era tomado por aquele mesmo horror paralisante vivenciado na vila.

Iria morrer naquela noite, tinha certeza. Não havia escapatória possível. O incêndio em sua casa não parecia tão terrível, agora, apenas um tipo diferente de monstruosidade. Mais humana, mais passageira. Seu corpo inteiro retraiu-se quando Boerescu levantou-se e veio parar ao lado da banheira. Indeciso. Por fim, ele enfiou dois dedos na água e lambeu-os, ponderando.

— Levante-se.

Celina não se moveu. Queria sumir, acordar, quem sabe voltar no tempo para construir um passado alternativo, no qual teria fugido da vila logo após a morte de sua mãe, para nunca encontrar aquele homem.

Boerescu agarrou seu braço, impaciente, e a pôs em pé como se nada pesasse. O primeiro ímpeto foi tentar se cobrir, mas ele ignorou os seios da mulher, erguendo os braços como se à procura de algo.

— O que você está fazendo? — ela rosnou, irritada. O medo permanecia como um zumbido em seus ouvidos e um latejar atrás de seus olhos.

— Da última vez em que bebi de alguém com a peste, passei muito mal por vários dias — explicou, solícito. — Foi terrível. Não quero passar por isso outra vez. Você parece limpa, felizmente, mas isso nos leva ao próximo impasse.

Por um momento, Celina achou que fosse vomitar. Ele hesitava, mas parecia ávido.

— Chegou a hora da verdade, minha querida. Você é venenosa ou deliciosa? Porque certamente terá um sabor diferente.

Sem mais, ele pôs a mão entre suas pernas, fazendo-a pular com um gritinho, e lambeu os dedos sujos de sangue. Os caninos pareceram maiores, e então *bem maiores*. A expressão de êxtase daquele rosto terrível foi demais para Celina: virou-se de lado e vomitou no chão ao lado da banheira. Ele não pareceu se importar. Continuava segurando seu braço e se deleitando com a sensação proporcionada por seu sangue. Ele não era o Diabo; era muito pior.

— Oh, minha querida... — Ele acariciou seus cabelos, tocando seu pescoço com as costas dos dedos. — Preciso de muito autocontrole para fazê-la durar. Vamos ver quanto tempo eu consigo.

1681

Abriu os olhos, de repente consciente da agitação entre as pessoas no andar acima. Decerto sentiam o perigo iminente. Ergueu-se devagar, farejando o ar. As mulheres e as crianças ficavam acorrentadas na meia-ponte. Passava tempo suficiente para conhecê-las todas, embora se recusasse a saber seus nomes. Jamais conseguiria lidar com a culpa se estabelecesse qualquer relação pessoal com elas.

Moveu as tábuas sob as quais se deitava, torcendo o nariz para o fedor de água salgada, madeira podre e peixes mortos. Ouvia as patinhas dos ratos escapulindo do seu alcance. *Tic tic tic*. De buraco em buraco para fugir também dos gatos. Nem isso aquela gente lá em cima podia fazer.

Celina tinha pena, mas sobretudo sede. Deixou o esconderijo, desfazendo-se para subir. Os homens abalaram-se quando passou por eles, mas ela não se deteve ali: subiu através de frestas para a meia-ponte. Farejou o ar. Bufou, frustrada.

Foi até as crianças, tirou uma menininha das correntes, olhando-a nos olhos para que não gritasse e não se debatesse; levou-a ao convés. Não foram vistas; era noite de lua nova. O mar estava calmo e os marinheiros em sua maioria dormitavam. Olhou-a, tocando a cabeça recém-raspada, onde deveria haver cabelos crespos.

Ouvia o coraçãozinho batendo, tranquilo. O efeito entorpecente de seu olhar era uma misericórdia da natureza e facilitava o processo todo. Às vezes, desejava ter sido vulnerável ao de Boerescu.

Quando fincou os dentes no pescocinho magro e o líquido quente jorrou em seus lábios, Celina perguntou-se outra vez como Boerescu conseguia se comprazer tanto antes de encantar suas presas com o medo e com a dor que causava.

Na última vez em que tivera notícias, ele fora nomeado como Benoît. Aparentemente, continuava sua procura desesperada por outras bruxas, embora nunca mais tivesse encontrado uma.

Celina aprendera a navegar pelos sonhos, quando ele ainda a mantinha viva, para encontrá-las antes dele e avisá-las. Em troca, aquelas mulheres lhe ensinaram vários pequenos feitiços muito úteis. Um deles a ajudara a escapar.

Enquanto drenava a pobre garotinha, dizia a si mesma que seria melhor assim. A vida dela teria sido horrível quando chegasse ao seu destino. Morrer como um carneiro não era mais digno, mas ao menos mais rápido e indolor. Celina terminou a refeição da noite, separou a cabeça do corpo e atirou-os ao mar. Não queria contagiar ninguém com sua condição infecta.

Depois se acomodou na borda da proa e fitou o horizonte. Sentira a proximidade de Boerescu — ou Benoît, como preferisse — e fugiu o mais rápido possível sem olhar para trás. Havia demorado literalmente séculos para ganhar consciência de si e escapar da influência daquele monstro, a quem os outros chamavam de "mestre".

Durante quase vinte anos, ele a mantivera prisioneira num quarto, disso lembrava-se bem. Dava-lhe boa comida e chamava os melhores médicos, tudo para mantê-la saudável. Em troca, todo mês bebia dela com avidez durante alguns dias. Celina sentiu a face queimar — apesar de toda a repulsa que ele lhe causava, durante *esses* episódios ela o adorava.

Só anos depois entendeu por que ele evitava beber de seu pescoço, como fazia com os outros: havia um veneno em suas presas, e este em três ou quatro alimentações a transformaria em algo como ele, apodrecendo seu sangue como ocorrera com o dele.

Celina havia parado de sangrar mais nova do que outras mulheres e, depois de muita frustração, Boerescu rendera-se ao vício e a mordera. Ela achou que fosse morrer, mas só veio um vazio, sombras, festins de sangue. Lampejos. Não gostava de analisar muito. E se recordasse tudo o que tinha feito naquela época? Por Deus, preferia mesmo ter se esquecido de três séculos daquela existência obediente de semiconsciência.

O marinheiro no cesto da gávea agitou-se. Celina percebeu que se perdera em pensamentos e o céu começava a clarear. Precisava voltar a seu esconderijo o quanto antes. Uma melancolia a preencheu. Sentia muitas saudades do sol.

Ainda não tinha posto as tábuas de volta no lugar quando o berro do homem a alcançou.

— Terra à vista!

Marinheiros despertaram em todos os níveis, grilhões tilintaram. O sono de morte tomou-a por completo.

Um urro a despertou. Era noite outra vez. Celina deslizou por entre frestas até alcançar o convés. Havia algo estranho no ar. Gritos furiosos, cantos de guerra. A caravela aportou. Os marinheiros corriam para todos os lados. Alguém falou em voltar a alto-mar.

Celina espiou pela borda. Em terra, homens negros puxavam os cordames e prendiam a embarcação no atracadouro, alguns já preparando a abordagem. Traziam ou arcos e flechas ou armas com pólvora. Ela sorriu, voando até a terra.

Um homem destacou-se entre os demais, caminhando como um rei. Os outros o chamavam de Zumbi. Corpos jaziam por todo lado no porto, agonizando. Celina escolheu um ainda vivo e começou a beber da ferida aberta a flechada, então notou à distância os guerreiros cortando a garganta dos marinheiros e jogando-os na água.

Se soubesse daquele desfecho, teria escolhido qualquer um deles na noite anterior, e não a pobre menininha.

1975

Apesar do Ato Institucional Número Cinco, Chico Buarque tocava na rádio enquanto o ministro da Justiça de Ernesto Geisel dava pulos de três metros de altura com a continuada popularidade de "Jorge Maravilha", mesmo depois de dois anos do lançamento.

— Você não gosta de mim, mas a sua filha gosta... — Celina cantarolou, caminhando a passos largos enquanto passava por dois militares.

Eles sentiram-se pessoalmente afrontados. E estavam na calçada do Departamento de Ordem Política e Social. Levaram-na para *prestar esclarecimentos* e, no caminho, Celina assobiou "Para não dizer que não falei das flores" a fim de garantir a passagem só de ida para o porão.

Teria entrado sem ser percebida, mas já não via graça na furtividade. Aqueles homens desfilavam suas crenças por aí, com medalhas e patentes orgulhosas no peito. Depois de séculos sozinha entre mortais, seu pavor de Boerescu esvanecera. As luzes dos novos tempos mostraram-lhe monstros muito piores, mais ferozes, mais vis. Agora, Boerescu lhe parecia quase um lorde.

Não o suficiente para desejar encontrá-lo. Usava feitiços para saber onde ele estava e mantinha-se bem longe. Agora ele mudara de nome outra vez, alguma coisa com B. Estava nos Estados Unidos. Era uma carcaça do Velho Mundo querendo frustrar o já duvidoso sonho americano. E numa cidadezinha pífia. Celina perguntava-se se ele ainda procurava suas iguais, porque o lugar tinha um apelido que remetia à cidade onde houvera a mais famosa condenação de bruxas do Novo Mundo. Ou seria um recado? Uma ameaça? Talvez não passasse de uma coincidência completamente aleatória...

— Sua comunistazinha de merda — bufou um dos homens.

Uma vez lá dentro, Celina sorriu e gesticulou de leve. Pescoços se quebraram numa rápida sucessão de estalos. Abaixou-se ao lado de um dos homens.

— Tenente, tenente... Então quer dizer que o senhor tem sangue *vermelho*? Clara evidência de simpatia comunista, não?

Celina deixara de se sentir um monstro desde o dia em que aportara no Brasil. Talvez por isso houvesse começado a perdoar Boerescu, tão frágil parasita que era. Coisas piores circulavam na terra, davam-se títulos, brandiam chicotes ou armas de choque. Defendiam a honra e os bons costumes na televisão enquanto estupravam mulheres em seus porões.

Aliás, sentiu o cheiro de sangue vindo de baixo. Alimentou-se dos policiais e funcionários dali. Não queria estar com sede quando encontrasse quem vinha buscar. Desceu as escadas e abriu a porta certa com um chute. O jovem jornalista pendia, amarrado nu com os braços por cima dos pés, os joelhos sobre uma barra metálica. Banhado em sangue.

Um coronel e outro homem, seu secretário, fumavam, fitando o homem inconsciente. Ambos se sobressaltaram à entrada de Celina.

— Quem é você? — grunhiu o secretário.

Celina estendeu a mão e os ossos do desgraçado se partiram. Ele urrou e ganiu e chorou. Se o porão não houvesse sido tão bem construído, o quarteirão inteiro o teria escutado.

— Sou uma moça muito ansiosa pelo artigo do nosso amigo aqui sobre a corrupção do regime. E fiquei muito chateada quando soube que vocês o trouxeram para cá.

Céus, estava toda arrogante, até mesmo *falando* como ele. Seria o peso dos séculos de escuro, solidão e tédio? Seria a amargura da falta de propósito? Não, disse a si mesma. Não era nada como Boerescu. Nada mesmo. Era um monstro com escrúpulos, muito diferente do bom coronel, agora encolhido em um canto como um verme.

— Só consegue bater em pessoas amarradas, é? Não sei por que estou surpresa.

Avançou para livrá-lo de sua existência miserável, mas seu peito pareceu explodir numa terrível agonia. Foi como se houvesse sido golpeada ali. Não era uma dor física, no entanto, e sim uma latejante sensação de perda e abandono, um total desamparo. Algo dentro de si morreu, foi extirpado, deixando um buraco onde antes habitava sua ligação com ele. Acontecera muito longe dali. Mas tinha certeza.

Finalmente, Boerescu estava *morto*.

Lágrimas encheram seus olhos, não sabia se de júbilo, lamento, medo ou todas essas sensações juntas. Era impossível para um vampiro se voltar contra seu criador, o que significava que *mortais* o haviam vencido. Isso trouxe a Celina um senso de sua própria mortalidade.

— *Cuidado!* — gritou, surpreendentemente, o jornalista, quase sem voz.

Celina desfez-se em fumaça, enquanto uma tosse horrenda acometeu o pobre rapaz, e voltou a se materializar sobre a jugular do coronel, que lhe apontara uma arma. Arrancou-lhe um pedaço do pescoço com os dentes e o deixou estrebuchar e se afogar em seu próprio sangue, enquanto libertava o moço.

— Quem é você? — ouviu pela segunda vez naquela noite.

— Vou levá-lo ao hospital. Uma amiga cuidará de você — desconversou Celina, tocando sua testa com cuidado. Ele adormeceu. — Está seguro agora.

Celina cumpriu sua palavra, mas a cabeça fora tomada de um senso de absurdo. Boerescu estava morto. Não precisava mais lançar feitiços toda semana para descobrir sua localização. Podia dormir sem medo de voltar a ser uma marionete descerebrada a qualquer momento. Por um lado, estava feliz. Por outro, viver azedava seu humor. Sentada no hospital, velando o sono do jornalista, fora de perigo, mas ainda desacordado, viu a manchete daquela manhã no jornal sobre a mesinha de cabeceira: "Guerrilheiros comunistas invadem DOPS". A breve introdução era ainda mais patética: "Pelo menos vinte homens armados invadiram a sede, assassinaram policiais, o coronel e seu secretário, e libertaram criminoso de alta periculosidade".

Celina soltou uma gargalhada amarga. Boerescu jamais poderia competir com isso. Os monstros dos novos tempos eram outros.

CAROL CHIOVATTO nasceu em 1989 em Niterói, RJ, mas mora em São Paulo desde os quatro meses de idade. Escritora e tradutora, é doutoranda em Letras (USP/FAPESP) e publicou diversos contos, dentre os quais "A Última Feiticeira de Florença" (2014), finalista do prêmio Hydra 2015, além de seu romance de fantasia urbana *Porém Bruxa* (AVEC, 2019).

A série A Torre Negra é a obra mais ambiciosa de Stephen King. Na história, Roland, último descendente do clã de Gilead, representa uma linhagem de pistoleiros que defendem a Terra Média e o equilíbrio da Torre. Ocasionalmente, rastros da mesma Torre podem ser vistos no mundo que conhecemos, rastros que podem mudar irreversivelmente as percepções de um homem comum.

ANTOLOGIA

PORTA
não
ENCONTRADA

SK

por

EVERALDO RODRIGUES

19

Engraçado como ele nunca notara aquela porta. Mais de um ano e meio trabalhando no Edifício Mills, pensando que nada mais o surpreenderia ali exceto o café ruim e a frieza das pessoas, e só então ele a viu, fixada num ponto onde sua mente, ou a parte sensata dela, podia jurar que antes houvera apenas uma parede.

Deu-se ao luxo de erguer a cabeça além da divisória que o isolava dos outros funcionários do escritório, sentindo as costas estalarem um pouco e as pernas se reavivarem com o fluxo sanguíneo plenamente reestabelecido, e mirou aquele objeto, que, pelo menos até aquele minuto, não estava ali.

E era impossível que estivesse, porque aquela parede isolava o escritório apenas do lado de fora, e ele imaginou que a única coisa que tal porta reservaria para alguém seria uma queda de dezenove andares.

Não havia necessidade de uma porta ali, esse era o fato. O absurdo, no entanto, gritava diante dos seus olhos, porque uma porta era justamente o que ocupava aquele espaço.

De repente, absurdos ganharam novos contornos. Ou, para ele, um formato retangular.

Ele esfregou as pálpebras, pensando na noite de sono que tivera, uma mistura desequilibrada de cafeína, analgésicos e a tela brilhante do celular contra os olhos até pelo menos duas da madrugada. Para Edwin era difícil fugir daquele comportamento: depois de um longo dia no trabalho e das horas perdidas no trânsito de Nova York, tudo o que ele queria eram algumas doses de prazer, mesmo que o resultado fosse ínfimo. O cansaço forçava seu corpo em direção ao sono tão logo via a cama bagunçada do flat em que morava, mas Edwin contrariava a sensatez e a urgência do repouso, enfiava duzentos mililitros de café goela adentro, tomava um banho (o que geralmente acontecia dia sim, dia não), comia algo preparado em três minutos pelo chef Whirlpool (enfiando junto mais café no estômago) e se espreguiçava no sofá, vestindo apenas cuecas e um camisetão largo, aparentemente utilizado por Sonny Corleone na cena de sua morte em *O poderoso chefão*. Ali, seu único e melhor amigo era o celular. Era fácil se distrair e esquecer o sono tendo aquela janela minúscula e reluzente diante dos olhos. Sempre acontecia. Quando Edwin se dava conta, já era o dia seguinte, e a carcaça exausta não só implorava pela cama, mas fazia qualquer lugar parecer perfeito para dormir. Às vezes, o sono vencia ali mesmo, no sofá, enquanto vídeos de gatinhos que nunca teria, de receitas que nunca faria e de garotas seminuas com as quais jamais transaria reproduziam-se um atrás do outro no celular. Acordava no susto, o despertador apitando nos fones enfiados nas orelhas, e não era raro que perdesse a hora quando a bateria do celular descarregava por completo durante a madrugada.

Já tinha planejado acabar com aquela mania e tentar dormir mais cedo, mas era difícil escapar daquele ciclo. Dava voltas todo santo dia e sempre caía no mesmo lugar. Entretanto, o lugar parecia diferente naquela manhã nublada.

Ali, no escritório silencioso e abafado, algo atravessou sua mente. Não soube bem o que era até refletir: foi a intenção de chamar alguém para constatar, junto dele, a presença daquele objeto, mas logo seu cérebro, de novo reavivando a parte sensata, aquela parte de que ele gostava, ainda que a desgastasse dia após dia com o estresse do trabalho, lhe informou que não seria uma boa ideia. *Ninguém dá bola para você aqui, Edwin,* inquiriu. *Talvez o Jack, da contabilidade, mas ele é só o cara que pega o mesmo ônibus que você, não confunda as coisas. Você vê uma porta? Decerto vê, meu caro. Mas se tem uma coisa aqui que ninguém valoriza é sua visão. Entenda como quiser.*

Ah, e ele entendia. O que não mudava o fato: a porta *estava* lá.

E, estando lá, criava em sua mente algo parecido com uma coceira num pé quebrado e engessado. Será que oito horas por dia trancado naquele andar, encarando apenas o monitor do computador, os dedos correndo sobre teclas, foram o bastante para aliená-lo até mesmo do ambiente que o cercava?

Pode crer que sim, Edwin. Cá entre nós, você nunca foi o homem mais brilhante da face da Terra, certo? Esse é o tipo de trabalho que qualquer quadrúpede com um pouco de treinamento pode fazer. Não há nada de especial na sua cabeça, na sua imaginação, exceto eu, é claro.

"Mas mesmo assim...", pensou, e o raciocínio descrente e desconcertado só serviu para aumentar o incômodo que sentia. Já estava de pé. Era o ponto mais alto, a referência para todo o escritório e suas trinta e oito *baias* (sua parte sensata, além de lúcida, era bem-humorada), nas quais trinta e sete topos de cabeça mal pareciam se mover. Permitiu-se desviar os olhos da porta, apenas para olhar em volta e ver que todos ali pareciam não apenas alheios e indiferentes, mas inexistentes. As telas iluminavam seus rostos, e o brilho refletido nas testas e óculos era quase a confirmação daquela irrealidade, como se somente os corpos estivessem presentes. Os espíritos ficaram em casa, sob cobertores, aproveitando os cinco graus que os termômetros marcavam.

Os olhos se voltaram para a porta de novo. Observou-a com atenção, ainda longe, ainda separado daquela charada retangular

pelas paredes de plástico e fórmica. A constatação o deixou ainda mais desconcertado. Era apenas uma porta, alta e larga, algo ferroso, com veios escuros, relevos quadriláteros na horizontal, meio fosca, uma maçaneta dourada e redonda refletindo as lâmpadas do teto. Não havia, pelo menos olhando dali, nada especial, que fizesse da porta uma coisa notável.
Talvez por isso você não a tenha notado, gênio.
— Mas mesmo assim... — O pensamento ganhou os lábios num desabafo, a curiosidade vencendo o receio de se destacar, de atrair atenção. Afastou de vez a cadeira, que gemeu os pés no chão, e andou para fora da sua área de trabalho. A movimentação não despertou nenhuma daquelas cabeças concentradas, que permaneceram viradas para as telas, focadas. Andou até o corredor que dividia a sala ao meio, ficando de frente para a porta, a uma distância de talvez uns seis metros.
Parado, observou-a. Seu coração parecia ciente de que algo estranho acontecia ali, já que avançava o pulsar num ritmo crescente e alerta. Seus dedos deslizaram sobre a armação plástica das "baias", e o som seco produziu um arrepio que percorreu todo o seu braço, até chegar ao pescoço. Piscou uma, duas, três vezes.
Piscar não vai apagar a porta, Edwin...
Ele sabia que não. Nem beliscões o tirariam dali, mas se permitiu tentar. As unhas contra a carne da palma da mão não surtiram o efeito desejado. Aquela coisa *existia*. Ainda estava lá, diante dele, como que...
Convidando-o?
Ele deu um passo e pela primeira vez notou uma movimentação ao redor. Alguém o olhou de esguelha, por um momento ínfimo, mas que foi o bastante para fazê-lo ficar onde estava. Baixou a cabeça e respirou fundo, tentando manter a calma. O que parecia, na verdade, era que a porta o excitava, como um campo eletromagnético. Era impossível conter o avanço dos batimentos cardíacos, o aquecimento de suas orelhas, aquele arrepiar da nuca que sempre acompanha momentos peculiares...
Existe outra palavra com "P" que é bem mais precisa, Edwin...
Perigoso? Talvez. Mas não menos atraente.

Era isso! A porta o atraía. Quase como se sussurrasse seu nome. O som, e sim, havia um som, tocava seus ouvidos como o chilrear de um pássaro, o correr de um veio d'água; um coral de virgens, que seja. Puxava-o, como um anzol invisível fincado no hipotálamo.

Deu mais um passo. De repente, foi como se a porta quase dobrasse de tamanho. Estava ali, a poucos metros, convidando-o. Por mais absurdo que parecesse, era *real*, tinha que ser real.

Há duas explicações para isso, Edwin, e você sabe bem quais são, provocou a parte razoável da sua mente. *Uma é que você é um completo desatento e nunca notou que havia uma porta ali, em todos esses meses de trabalho. A outra é que você está apenas viajando na maionese.*

A segunda hipótese o preocupou.

O que você comeu no almoço, Edwin? Sem olhar, qual a cor da cueca que você está usando? Quantas pessoas de fato estão neste escritório além de você?

Ele coçou os olhos. Havia almoçado? Tinha cuecas de outra cor sem ser branca? Ele era mesmo o trigésimo oitavo funcionário?

Você não está legal, Edwin, essa é a verdade. Está pirando. Surtando. O trabalho de cão e as noites sem dormir estão cobrando um preço bem alto... sua saúde mental...

Olhou mais uma vez ao redor, desnorteado. O relógio marcava 15h19, então sim, ele almoçou (será?), mas não lembrava o quê. A camisa enfiada dentro da calça o impediu de ver a cor da cueca, ainda que ele pudesse viver com aquela dúvida. Mentalmente, Edwin contou cada cabeça "pensante" daquele escritório, e, ainda que tivesse se perdido uma ou duas vezes, as contas bateram. Eram trinta e sete, e todas ainda pareciam alheias a ele. A ele e àquela porta.

Ela está lá, Edwin. O que vai fazer?

"Não sei."

O que se faz com uma porta?

"Por Deus..."

Pense...

Não sabia. Talvez a resposta fosse "se estiver aberta, fecho, se estiver fechada, abro", mas ainda assim...

Correto, Edwin. Só que essa não é uma porta...
"... qualquer."
Deu mais dois passos, cautelosos, o solado duro do sapato de couro tocando o piso claro como se a gravidade não existisse. Ele se aproximava da porta ou era a porta que se aproximava dele?

Dois metros os separavam, e só então ele notou duas coisas: a primeira era que embaixo da porta havia um *vão*, e Deus o arrebatasse ou o deixasse demente naquela mesma hora se estivesse vendo coisas (*ah, que hilário, Edwin*), mas uma luz escapava daquele vão, uma réstia rósea que tremeluzia, como o vento que sacode árvores, fazendo suas sombras dançarem

Só não são árvores, Edwin...

e a segunda era que a porta não tinha batente. Suas dobradiças estavam conectadas a nada, fixadas no ar com uma incoerência gritante. O que sustentava a porta ia além de qualquer compreensão. A porta era uma ilusão perfeita, um truque antigravitacional, uma manobra digna de um gênio.

Mais dois passos revelaram belos detalhes, como a maçaneta, que não era apenas uma peça dourada, mas tinha também, incrustada nela, uma pedra redonda, brilhante feito um diamante, e *dentro* desse diamante pulsava o símbolo simples e maravilhoso de uma rosa, as pétalas de um carmim intenso sustentadas por um fino caule verdoengo. No topo da porta, uma sequência de cinco desenhos floreados e encíclicos marcava a madeira, como que delineados com fogo. Aquelas formas dançaram na cabeça de Edwin e, não fosse sua intensa confusão e deslumbramento, ele teria sido capaz de entender sua natureza comunicativa. A porta não só existia, ela quase vibrava numa sintonia que aos poucos se ajustava ao pulsar regular e intenso de seu coração.

Abre.
"O quê?"
Abre, Edwin. Não há o que fazer.
"Mas..."
Olhe em volta, Edwin. Essa porta só existe para você. Ninguém percebeu. Ninguém está aqui de verdade, nem mesmo você. Apenas abra e descubra.

"Descobrir... o quê?"
Seu destino.

A mão envolveu a maçaneta, e como resposta seu corpo inteiro se arrepiou, eletrizado. Tocar a porta foi a última e desnecessária confirmação. A realidade daquele objeto invertia qualquer senso de lógica que pudesse nortear as decisões de Edwin. A palma da mão pareceu esquentar de leve, e pequenas vibrações reverberavam por todo o objeto. Sentiu como se uma torrente de água varresse todos os seus pensamentos, deixando o cérebro vazio. Não havia mais nada exceto ele, a porta, e o *outro lado;* porque tinha que existir um outro lado.

Para confirmar, ele forçou de leve a maçaneta, e a porta veio em sua direção com suavidade.

Quando a luz atravessou a fresta e atingiu o rosto de Edwin, sua mente foi invadida por milhares de imagens intensas, que preencheram todos os espaços varridos de seu cérebro, excitando cada neurônio, condensando-se em impulsos e explodindo detrás de seus olhos como fogos de artifício enfiados nas orelhas. Ele viu um deserto e um precipício. Viu mares gigantescos que pareciam se esticar para um horizonte eterno e subir aos céus como montanhas de água. Viu escombros e ruínas, fogo e ferro, sangue e carne, um céu azul manchado de preto. Figuras indescritíveis e monstruosas, caricaturas de seres que, numa época de fartura, poderiam ser chamados de animais, chafurdando uns sobre os outros enquanto do chão brotavam lava e pus. Contemplou noites eternas e tempos longínquos, lugares de glória e decadência, orgulho e torpeza, sacrifício e castigo. Sentiu a escuridão de um abismo infindável remover toda e qualquer luz de sua alma, abarrotando em sua mente horrores que, se vistos com um pouco mais de atenção, seriam capazes de rasgar sua sanidade com garras de faca e digerir no perpétuo vazio o restante de seu espírito, que parecia não apenas aberto, mas fendido e virado do avesso, como um pedaço quente e quase morto de carne pulsante, um nervo sensível exposto ao mais intenso e cruel estímulo. Testemunhou inerte a imaginação e a inocência de cabeças iluminadas serem esticadas até se partirem. E sentiu o rachar da realidade, o fino fio que sustentava um pano de fundo delicado estourando num tinido férrico e, mesmo que ínfimo, ecoando pela imensidão como o soar de um sino de proporções titânicas, vibrando em cada célula, em cada molécula, em cada átomo de seu ser.

No fim de tudo, havia um campo, esplêndido e vermelho como o mais denso dos pores do sol. E, no meio desse campo, algo como um dedo ossudo e escuro apontando para o céu, e *observando-o*.

De repente tudo se apagou, num pulso branco de luz que invadiu seus olhos. As pálpebras não se fecharam a tempo, e ele levou as mãos ao rosto, enquanto uma dor se avolumava em seus globos oculares. Ao mesmo tempo, sentia que algo o envolvia, um silêncio hermético, uma pressão nos ouvidos; era possível sentir o fluxo do sangue atrás das orelhas e a pulsação no meio do peito.

Edwin afastou os dedos na frente do rosto. A luz já não existia. A dor se fora. Estava só. Tinha cruzado a porta.

Sabia disso porque seus pés tocavam um chão claro e liso. Mas suas costas estavam voltadas para a parede. Diante de si, o escritório se estendia, e trinta e sete cabeças o olhavam de volta. Seus donos, em pé, tinham rostos sérios e bocas que não se moviam. O único sinal de vida era um estranho brilho em seus olhos, que não chegava a deixá-los acesos, mas se sobressaíam na pouca iluminação do lugar. Um ar gelado parecia percorrer o escritório, e as persianas abaixadas aumentavam ainda mais a sensação claustrofóbica.

Edwin se virou num átimo, encarou a parede atrás de si, a parede onde deveria haver uma porta, onde houvera, *ele sabia que houvera, por Deus!* uma porta, já que ele a cruzara. Ele sabia que a cruzara, *sentia* que o fizera. Ia contra qualquer senso de realidade *não ter* feito aquilo, ao mesmo tempo em que o lógico e prático era não o ter feito, já que ele não via mais porta alguma. Não houvera porta, não houvera luz nem todas aquelas imagens, e acima de tudo não houvera aquele dedo cadavérico e preto apontando para o céu e circundado por um campo coberto de sangue (*mas não era sangue, Edwin, eram rosas, e eram lindas*), aquilo não existia, não era real, era o impossível materializado, e ele, na verdade, sofrera um esgotamento nervoso. Não atravessara nada. Fora uma viagem, um delírio causado pelo excesso de café, poucas horas de sono e a sensação, constante naqueles últimos meses, de que perdia sua vida no escritório em troca de nada.

"Acho que tá na hora de começar a dormir mais cedo...", pensou, não com aquela parte sensata, que parecia o ter abandonado, mas com sua mente mesmo, aquela que, ainda confusa, aceitava que nada fora real.

Coçou a nuca sob aqueles olhares. Deu o primeiro passo na direção de sua mesa, ainda tentando se acostumar com aquela pouca iluminação, com o ar frio que parecia correr à sua volta e com o brilho de cada olhar. Pensando nisso, ele encarou um dos colegas com mais atenção, o Jack, aquele da contabilidade, e o achou estranho. Ele não piscava. Os olhos, dependendo do ângulo, pareciam duas lanternas. E a pele do seu rosto... era como se fosse... de plástico?

Edwin olhou para todos os rostos e voltou a se concentrar no mais familiar dentre eles. Aquele era o Jack da Contabilidade, claro que sim, mas algo em Jack parecia muito diferente. Houve um movimento no rosto do rapaz, perto do nariz, e Edwin sentiu um enorme desconforto. Sua mente comparou o que via a insetos se mexendo sob o tecido de um sofá. Encabulado, sorriu. O homem retribuiu o sorriso.

Todos retribuíram.

Então Jack levou a mão ao pescoço. Seu dedo correu sobre o queixo, entrou sob a pele e, num puxão que levou não só o ar de nosso querido Edwin, mas também o restinho de sua sanidade, arrancou o próprio rosto de uma vez, com um ruído líquido, revelando uma face em forma de pesadelo, e o jovem funcionário teve *certeza*, naqueles míseros segundos, de que sim, a porta era real. E ele a cruzara.

EVERALDO RODRIGUES nasceu em Diadema, São Paulo. Leitor desde criança, foi o mestre King quem o colocou na trilha do horror, de onde não saiu mais. É autor de quatro livros, dentre eles a novela *O Capeta-Caolho contra a Besta-Fera*, com a qual ganhou o Prêmio ABERST de Literatura 2018 na categoria Melhor Conto de Horror. Atualmente, estuda literatura na UNICAMP.

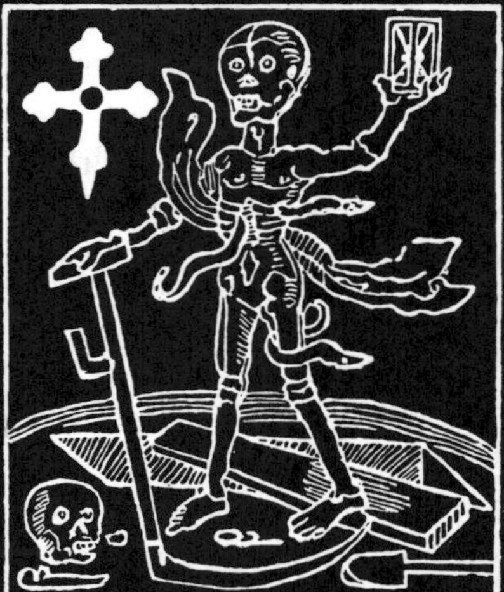

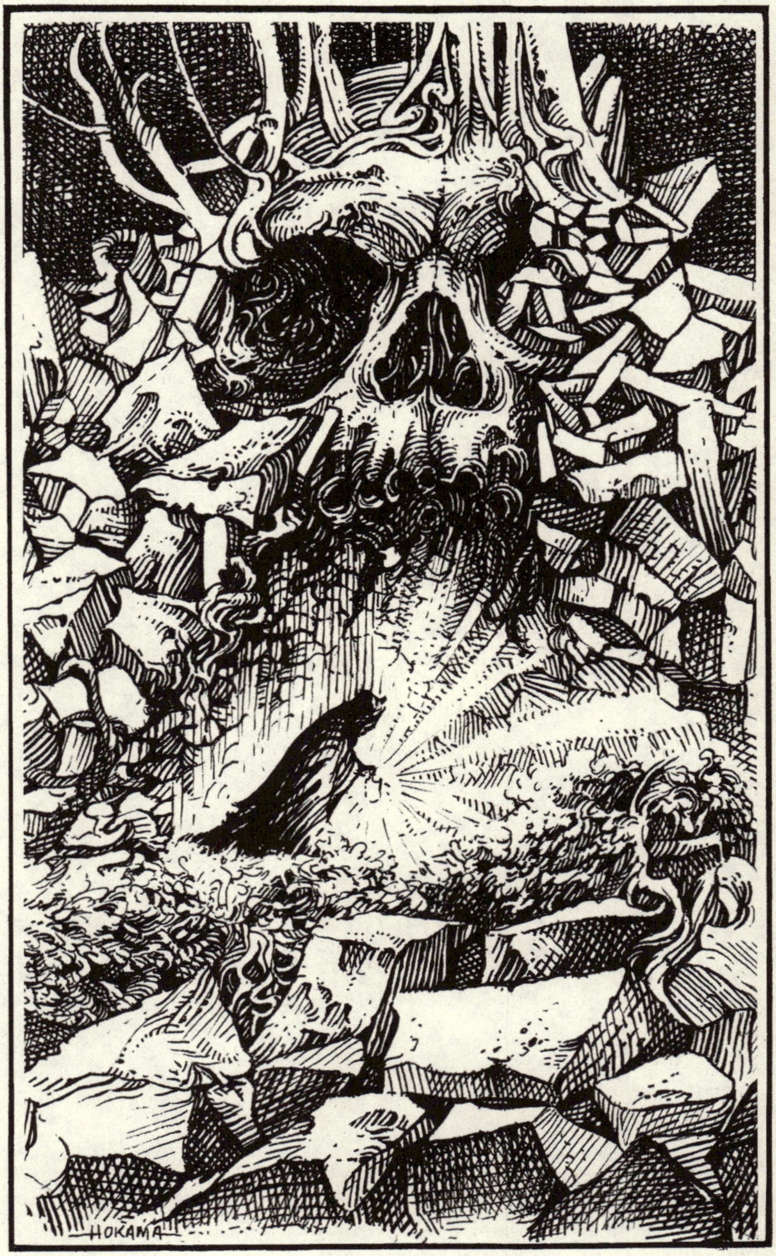
HOKAMA

Carrie narra a adolescência de uma jovem problemática, perseguida pelos colegas e professores e impedida pela mãe de levar a vida com alguma normalidade. Cárem tem um destino parecido, embora as perseguições e as consequências de sua vingança sejam um pouco mais... sangrentas (se é que você me permite o trocadilho infame).

ANTOLOGIA

CÁREM SINISTRA

por

MARCO DE CASTRO

Hora do recreio. Gritando e conversando, a molecada disputava a janela da cozinha para pegar a merenda. O prato naquele dia era cachorro-quente no pão francês com molho de tomate e purê. Uma opção arriscada, já que, na semana anterior, alguns alunos fizeram uma guerra de salsichas que deixou o refeitório imundo.

Na ocasião, Cárem foi o alvo de muitos dos alunos que participavam daquilo e, não bastasse a humilhação, ainda precisou explicar as manchas de molho no uniforme à mãe.

— A ira de Deus há de recair sobre essas criaturas de Satã — amaldiçoou dona Margarete, enquanto arrancava com violência a roupa da filha e jogava tudo no tanque, para que a menina mesma lavasse. Depois se forçou a conter a própria raiva. — Maldita seja a pessoa que me denunciou praquele conselheiro tutelar...

Até os nove anos, Cárem não havia frequentado nenhuma escola. Dona Margarete ensinara a filha a ler com a Bíblia e pretendia mantê-la longe das "crianças satânicas, crias das famílias impuras e pecadoras". Acabou denunciada ao Conselho Tutelar por algum vizinho, já que, além de não a deixar estudar, fazia a menina trabalhar com ela na cozinha, fazendo salgados para festas. Era matricular a filha na escola ou perder a guarda...

Para Cárem, trabalhar desde os oito anos de idade não incomodava. Era cansativo, mas muito melhor que ficar orando e estudando a Bíblia. Sem TV, sem rádio, nada de computador ou smartphone. Recentemente, Cárem havia passado vergonha diante da classe ao admitir para o professor de história que nunca havia usado a internet.

— Como assim você nunca usou internet? Nunca mexeu num celular, nunca foi no centro comunitário aqui do bairro ou numa lan house?

— Não...

— Mas por quê?

— Minha mãe diz que Deus não gosta...

E a classe inteira riu, inclusive o professor, enquanto Cárem tremia e entrava em pânico. Todos riam dela. Sempre. E hoje, aos 14 anos, ela também tinha raiva de quem denunciara sua mãe ao Conselho Tutelar. A vida escolar era um pesadelo. Lá, Cárem era alvo de todo tipo de ofensiva covarde da molecada.

Era gorda e espinhenta, e o visual não ajudava: saia jeans até abaixo do joelho, meias brancas esticadas e a maldita camisa de manga longa por baixo do uniforme. Segundo a mãe, uma mulher não deveria mostrar sequer os braços aos homens. Até isso despertava neles "sentimentos impuros", pregava. Durante as aulas, Cárem se encolhia na carteira. Nos intervalos, mantinha os olhos sempre no chão. Não precisou de mais para ganhar o apelido:

"Lá vem a Cárem Sinistra", "Mais feia que a Cárem Sinistra", "Cárem Sinistra vai na sua casa à noite te pegar", "Fulano tá querendo comer a Cárem Sinistra", "Sicrano pede boquete pra Cárem Sinistra"... Essas eram algumas das frases que Cárem se acostumou a ouvir. A reação sempre foi abaixar a cabeça, calar-se e tratar de sair de perto daqueles garotos e garotas satânicos (adjetivo preferido da mãe). Incomodavam-na, principalmente, as brincadeiras de conteúdo erótico. Cárem não conseguia evitar que certas imagens surgissem em sua mente, deixando-a apavorada. Chegava a ouvir a voz de sua mãe:

— Cárem, toda essa gente pecadora tem a cabeça cheia de pensamentos impuros! E todos arderão no INFERNO! A tentação existe, eu sei..., mas se você sentir, de longe, a aproximação de um pensamento impuro, ore! Ou também QUEIMARÁ NO INFERNO!

Cárem então se trancava no banheiro e orava, sentada na privada. Ao mesmo tempo, imaginava Deus descendo do Céu até ali. O camisolão branco cheio de vento, o cabelo e a barba longos e grisalhos flutuando. Depois, uma fenda se abrindo no chão, e Ele atirando toda aquela gente ruim às chamas do Inferno.

Apesar de insistir muito em suas orações, Deus nunca aparecia para ajudá-la, e ela continuava precisando ir à escola. No recreio, ficava sentada na ponta de um banco, num canto mais vazio do refeitório, evitando ao máximo os colegas. Era onde estava, terminando de devorar o seu cachorro-quente (comer era praticamente o único prazer em sua vida), quando Suélen, uma das meninas da sua classe, passou em sua frente e notou uma pequena poça de sangue que se formava entre seus pés.

— Puta merda, a Cárem tá de chico!!! Olha, que nojo!!!

Os gritos atraíram alunos de várias classes. Segurando seus sanduíches, eles começaram a se aproximar, apontando para Cárem. Gritavam e gargalhavam. Alguns sacavam seus smartphones para filmar a cena.

Assustada, a menina tentava descobrir o que havia feito de errado. Percebeu então que alguns dos adolescentes apontavam as câmeras dos celulares para o chão, onde ela mesma viu uma pequena poça de sangue entre seus pés, além de partes de suas meias tingidas do mesmo vermelho. Instintivamente, Cárem apalpou a batata da perna, sob a saia, e viu a palma da mão banhada de sangue. Ao mesmo tempo em que o terror crescia dentro dela, uma salsicha, cheia de molho e purê, atingiu seu olho esquerdo.

— Enfia a salsicha que para! — gritou Edivelton, outro moleque de sua classe.

Aquele grito soou como uma ordem de ataque. Parte da garotada começou a pegar a salsicha do meio do pão e atirá-la em Cárem, muitos perdendo o ar de tanto rir. Começou o coro: "Vai, Cárem Sinistra! Tampa o chico com salsicha! Vai, Cárem Sinistra! Tampa o chico com salsicha!".

Aterrorizada, Cárem não se mexia enquanto dezenas de salsichas a atingiam. Queria gritar, mas a voz, a princípio, não saía. E, quando começou a sair, mais parecia um uivo agudo, como o de um cão atropelado. Isso fez a molecada rir ainda mais. Edivelton pegou uma salsicha do chão e começou a balançá-la na cara de Cárem.

— Olha aqui, Sinistra! É só pegar e enfiar na buceta que o chico para!

Nesse momento três dos lustres fluorescentes do refeitório explodiram, bem em cima da molecada, soltando uma chuva de faíscas e cacos de vidro. Ao mesmo tempo, alguma coisa atingiu Edivelton no peito, fazendo-o voar de encontro aos colegas. Todos ficaram assustados.

Nisso, a coordenadora Cidinha apareceu, e a maioria dos alunos debandou para a quadra. Edivelton, com expressão de surpresa e medo, levantou-se do chão e deixou o refeitório sem tirar os olhos de Cárem até passar pela porta.

A primeira coisa que Cidinha notou ao chegar foi o monte de salsichas pelo chão, além dos lustres estourados, ainda soltando faíscas. Só depois viu Cárem, chorando, toda suja de molho e purê, com a pocinha de sangue aos seus pés. A cena a deixou enojada.

— Ai, meu Deus do céu, vamo já pro banheiro!

A coordenadora agarrou então o pulso da menina, levando-a ao banheiro do refeitório.

— Cadê seu absorvente?

— O... O quê?

— O absorvente, cadê? Tá na mochila, na sala de aula?

Ainda chorando muito, Cárem começou a sentir o mesmo pânico de quando o professor lhe perguntou sobre a internet.

— Nunca precisei... Nunca tive...

— Entendi, é a primeira... Vai passando uma água nessa sujeira toda, que eu vou pegar um absorv...

O choro da menina, cada vez mais histérico, interrompeu a fala da coordenadora.

— O que foi, minha filha? É só menstruação. Toda mulher tem isso...

A menina balançava a cabeça, desconsolada.

— Eu juro... Eu juro... Nunca tive nenhum pensamento impuro...

— Que que você tá falando, menina? Você tá em pânico, fica calma...

Cidinha entendeu que Cárem estava à beira de um surto.

— Mamãe disse... se eu nunca pecasse... nunca pensasse em coisa impura... eu nunca ia sangrar, MAS EU SANGREI!

E desabou de vez no choro, abraçando a coordenadora, numa busca desesperada por consolo. Mas a reação de Cidinha foi empurrá-la com força, quase fazendo a menina cair de costas. Estava furiosa, pois Cárem havia manchado seu vestido novo de molho, purê e, o que era pior, sangue.

— Olha o que você fez, menina! Me sujou toda!

— D... desculpa...

— Meu vestido novo!

O choro de Cárem piorou, deixando Cidinha ainda mais irritada. Começou a gritar com a menina.

— Jesus Cristo! Aquela doida da sua mãe fica enchendo sua cabeça de porcaria religiosa! Onde já se viu dizer que a filha nunca vai menstruar!?

A mãe da Cárem era conhecida por todo o bairro, embora todos evitassem contato direto com ela. Quando a menina era mais nova, dona Margarete ia buscá-la na saída da escola e ficava pregando no portão. Enchia o saco dos outros pais, dos professores e de quem mais estivesse por perto. Assustava as crianças, dizendo que todos iriam para o Inferno. Era viúva. O falecido marido, sargento da Polícia Militar, costumava ser tão fanático quanto ela. Reza a lenda, sempre andava com uma Bíblia na viatura, que usava para bater na cabeça dos infelizes que abordava ou prendia. Acabou morto em um tiroteio, quando Margarete ainda estava grávida da Cárem.

Viúva, Margarete pirou de vez, chegando a ser expulsa da igreja neopentecostal que frequentava pelo seu radicalismo. Confrontava o pastor durante o culto, exigindo uma postura mais rígida com "os infiéis". Depois disso, ela e Cárem não foram mais a igreja alguma. Mas a mãe, todo dia, fazia a filha ajoelhar-se junto com ela. E as duas liam trechos da Bíblia e oravam por horas, em voz alta. Tão alta, que os vizinhos odiavam. Em momentos de maior exaltação, dona Margarete chegava a berrar.

Cidinha ouviu o sinal do final de recreio tocando na quadra. Os alunos voltavam para as salas de aula. E ela continuava no banheiro, com o vestido novo estragado e aquela maldita menina que não parava de chorar. A situação despertou algo ruim na coordenadora, que passou a culpar Cárem por tudo de errado que aconteceu naquele dia. E seus gritos ficaram mais violentos.

— Francamente, Cárem! Quer saber!? Essa sua mãe é uma maluca! Precisa ser internada! Falar pra filha que, se for pura, não vai menstruar... Isso é demais! Vou falar com a diretoria pra chamar o Conselho Tutelar!

Cárem arregalou os olhos. Novamente aquilo. O Conselho Tutelar indo à sua casa, ameaçando tirá-la da mãe.

— Não, por favor... Conselho Tutelar, não...

— Conselho Tutelar, sim! A loucura da sua mãe passou do limite! Agora espera aqui, vou ver se consigo um absorvente e já volto...

Quando Cidinha se virou para sair do banheiro, porém, ouviu o grito:

— CONSELHO TUTELAR, NÃO!!!!

A força invisível atingiu a coordenadora antes de qualquer reação, fazendo-a voar de cabeça contra a parede ao lado da porta de entrada. Em seguida, seu corpo, com o crânio esmagado, caiu de bruços no chão, onde ficou tremendo por alguns segundos, até parar de vez. Sem chorar mais, Cárem ficou atônita, olhando para o cadáver. Uma poça de sangue começou a se formar em torno da cabeça de Cidinha. "Fui eu que fiz isso..."

Desesperada, entrou na cabine da privada, trancou a porta e se sentou. Começou a orar, pedindo a Deus perdão pelo que fizera. Matara a coordenadora. E o que ia acontecer agora? Iria presa? Seria trancada com menores infratores? "Deus, me ajude, por favor..." Nisso, veio-lhe à mente a pergunta: "Mas como eu fiz aquilo?".

Lembrou-se de Edivelton sendo atirado sobre os outros adolescentes, enquanto lâmpadas explodiam e salsichas voavam pelo refeitório. "Fui eu que fiz aquilo, também." Olhou para a porta de madeira pintada de branco do banheiro, cheia de pichações feitas com canetão. Em uma delas, leu "CÁREM SINISTRA COME BOSTA NO ALMOÇO". Na outra, "CÁREM SINISTRA QUER CHUPAR A ROLA DE JESUS". Lembrou-se das salsichas no recreio. E a porta explodiu em sua frente, espalhando estilhaços de madeira para todo lado.

"Eu que tô fazendo essas coisas... meu Deus... Deus... sim, foi Deus! Deus me ouviu..." O desespero foi dando lugar a uma euforia insana. Deus não poderia ir até ali castigar as pessoas que a faziam sofrer, então ele enviou um dom, para que ela mesma as castigasse! Foi o que aconteceu com Cidinha. Quem mandou ela ameaçar chamar o Conselho Tutelar?

Como que para confirmar seu dom, levantou-se da privada, afastou-se e olhou fixamente para ela. E nada aconteceu. "Peraí, acho que eu tenho que sentir raiva." Novamente, fixou o olhar no vaso, concentrando-se em seu ódio por tudo e todos que a faziam sofrer. "Vai!" E a privada foi arrancada do chão, voando contra o longo espelho da parede, que ficou estilhaçado. "Sim, agora eu tenho poder. O poder que Deus me deu!"

Minutos antes, no refeitório, dona Hermínia, a faxineira, limpava a sujeira que a molecada havia feito com as salsichas, atirando baldes de água com sabão no chão. O inspetor de alunos Mauro estava próximo, sentado em um dos bancos do refeitório e trocando mensagens no WhatsApp.

— Caraio, Mauro! Você não é inspetô nessa porra? Como você deixa a molecada fazê uma merda de sujeira dessa?!

— Ah, dona Hermínia... Eu sô um só, né? Eu tava na quadra. Se fico aqui, eles faz a bagunça lá. Se eu tô lá, eles faz a bagunça aqui. Quê que a senhora quer que eu faça?

— Você tava é nessa porra desse celulá, que eu sei... Não larga essa merda, e os moleque acaba com a escola.

— Essa molecada também é foda! Tanta gente passando fome, e olha o que eles fazem com o rango...

— Esses capeta só qué é ouvi funk e fazê sacanage. E olha isso aqui: sangue! Dissero que uma menina menstruô no chão. Olha o que nóis tem que aguentá, agora...

— Vão acabá é destruindo essa escola de vez. Olha essas lâmpada que explodiro. Já tá podre esse prédio, outro dia uma tomada pegou fogo sozinha na sala dos professor, a senhora não viu?...

A conversa foi interrompida pelo forte barulho da explosão da porta, dentro do banheiro.

— Má que porra que foi essa? — exclamou a faxineira.

— Tem alguém lá?

— A Dalva, da cozinha, disse que a Cidinha levô a menina que menstruô lá pá dentro do banheiro.

— Entra lá, por favor, dona Hermínia... Vai ver o que é...

— Eita, por que não vai você?

— É banheiro das mulhé, né? Eu não posso entrá lá.

— Putaquepariu...

E praguejando, dona Hermínia foi até o banheiro feminino. Assim que entrou, viu o cadáver de Cidinha. A cena a deixou petrificada. Em seguida, sem ser notada, viu Cárem parada no centro do banheiro. E, na sequência, a privada voando contra o espelho.

— Jesus amado...

O nome do filho de Deus fez Cárem voltar seus olhos para a faxineira. O coração de dona Hermínia gelou quando o seu olhar cruzou com o daquela garota. Ela não sabia explicar como, mas, na hora, soube que, se não saísse logo dali, ia ter o mesmo fim de Cidinha.

Correu pela porta, trombando de frente com Mauro, que, após o barulhão da privada se chocando com o espelho, deixou de lado o pudor (e o WhatsApp) e decidiu entrar no banheiro feminino.

— Sai da frente! Sai da frente! — gritava Hermínia. Empurrou Mauro no peito e só parou de correr quando estava fora do prédio.

Depois foi a vez de Cárem sair do banheiro. Ao encarar a menina, Mauro teve a mesma súbita sensação de pavor de sua colega. Ao contrário de dona Hermínia, porém, ele ficou confuso e deu um passo adiante, ainda com a intenção de entrar no banheiro. E a força invisível da garota o atingiu com tudo, fazendo-o voar até cair sobre as mesas e cadeiras do refeitório, a seis metros de distância. Assustadas, a cozinheira e a ajudante, que a essa altura viam tudo da porta da cozinha, correram para socorrer o inspetor.

Sem se importar com eles, Cárem caminhou da porta do banheiro para a larga escada da escola, única ligação entre o térreo e os pisos superiores, e subiu até o primeiro andar. Chegando à sua classe, abriu a porta, interrompendo a aula de história. Ao vê-la, ainda toda suja, o professor começou a rir.

— Que é isso, menina?! Vai tomar um banho!

A classe toda caiu na gargalhada, mas dessa vez Cárem não sentiu pânico. Lentamente, caminhou até sua carteira, para juntar o material e botar dentro da mochila. Ouvia os colegas falando bosta, em meio à zoeira.

— Deu certo com a salsicha, Cárem?...

— Se quiser, passa lá em casa, que minha mãe te dá umas salsichas...

— Deixa a Cárem Sinistra ir fazer enroladinho de salsicha junto com a mãe...

Inabalável, Cárem botou a mochila nas costas e seguiu ouvindo as provocações. De volta à porta, virou-se e encarou a classe. Seus olhos estavam arregalados. O rosto, contraído. Primeiro ouviu-se um forte estalo no chão. Em seguida, uma fenda se abriu de repente no piso, que desabou sobre o refeitório, no térreo. A queda de cinco metros de altura deixou muitos dos alunos, além do professor, gravemente feridos, alguns com fraturas expostas.

Mas Cárem estranhou eles não estarem gemendo nem gritando de dor. Em meio aos destroços, apenas tremiam, de cabelos arrepiados, enquanto ela começava a sentir cheiro de carne gordurenta queimada. Quando a luz apagou e algumas tomadas soltaram fogo, entendeu que sua classe estava sendo eletrocutada. Isso porque todos caíram em cima da parte do refeitório onde Cárem havia sido bombardeada com salsichas. Aquele chão ainda estava molhado da água com sabão que dona Hermínia havia jogado. A fiação da estrutura entrou em contato com a água.

Professores e alunos de outras classes começaram a chegar correndo até a porta da sala de Cárem, para ver o que havia acontecido. Nesse momento, ela se afastou, indo em direção às escadas. Enquanto descia, ouviu alguns alunos gritando "fogo!". Por isso, assim que pisou no chão do térreo, fez com que o enorme portão sanfonado de aço — que ficava aos pés da escada e servia para impedir que invasores subissem às salas de aula, à noite — se fechasse atrás dela.

Logo, alunos desesperados se espremiam contra aquele portão, tentando abri-lo. Cárem ouvia com prazer seus gritos e se deleitava com o horror em seus rostos. O cheiro de fumaça começou a ficar forte. "Acho que posso fazer isso acontecer mais rápido." Concentrou-se. "Vai!" E as tomadas explodiram de vez. Em poucos minutos, o prédio ardia em chamas. Professores e alunos corriam para lá e para cá. Era uma armadilha mortal.

Cárem admirava a sua obra numa espécie de transe, do qual só foi acordada quando os primeiros moradores da favela que havia ao lado da escola chegaram correndo, atraídos pela fumaça e pelos gritos das vítimas. Desesperados, eles entraram no prédio e começaram a forçar a entrada para tentar salvar os alunos. Mas Cárem não deixaria. Continuaria concentrada até o fim, mantendo aquele portão fechado. Não importa quanta força fizessem, seu poder era maior.

Triunfante, saiu do prédio para o pátio, onde, em um canto, viu Mauro, dona Hermínia, a cozinheira e a ajudante, todos boquiabertos e apavorados ao vê-la, o que só deixou Cárem ainda mais contente. Agora a temiam. E ela cruzou o portão para a rua, enquanto pessoas chegavam correndo de todos os lados e começavam a soar os primeiros gritos de jovens queimados vivos.

Ia direto para sua casa, mas mudou de ideia ao dar de cara com a favela. Fixou o olhar em um emaranhado de fios de ligações clandestinas sobre os barracos. "Vai!" Seguiu-se uma forte explosão, que espalhou as chamas por três barracos. O vento e o tempo seco fizeram o resto do trabalho, e o fogo logo começou a tomar conta de tudo, perseguindo os moradores que fugiam aos gritos.

———

A casa onde Cárem e a mãe moravam era simples, mas um pouco menos pobre que as demais da região. Era térrea, tinha uma sala, dois quartos pequenos, cozinha e um banheiro. Ficava a três quarteirões da favela, que, àquela altura, já lançava no ar uma quantidade enorme de labaredas e fumaça negra.

Quando a menina entrou, a mãe, como de costume, estava na cozinha. Sobre a mesa, havia uma grande quantidade de coxinhas, que ela fritava em uma enorme panela de óleo no fogão. Estava alheia à gritaria dos vizinhos, que corriam para ver mais de perto o incêndio na escola e na favela.

— Chegou mais cedo, é? Ainda bem, tamo cheia de serviço.

— Mamãe... — A voz de Cárem saiu diferente da que dona Margarete estava acostumada a ouvir. Não era o tom submisso e medroso de sempre.

— O que foi? — perguntou a mãe, tirando os olhos da panela e fitando a filha, com a roupa ainda toda suja de molho e purê. — De novo aquelas crias de Satanás jogaram comida em você, é isso?

— Jogaram, mamãe... Mas dessa vez tudo começou porque eu sangrei...

— Quê?

— Todos riram de mim, na escola...

Mas dona Margarete não escutava mais a filha. Já tinha percebido as meias da menina manchadas de sangue, e aquilo atingiu sua fé em cheio. Por anos, orou, rogou a Deus e se esforçou para que a menina se mantivesse pura. Isolou-a do mundo. Tinha uma fé muito forte de que isso livraria Cárem da "Maldição do Sangue", o castigo que Deus lançou às mulheres como punição pelo Pecado Original de Eva.

— Primeiro vem o sangue, depois o desejo, depois o pecado... — resmungou.

— Mamãe?
— Você andou tendo pensamentos impuros...
— Não, mamãe...

Dona Margarete começou a se aproximar. Apesar de aparentar mais idade do que tinha, era uma mulher muito forte. Alta e robusta.

— Perdoa minha filha, Jesus! Ela fraquejou...
— Não, mam...

O tapa veio forte contra o rosto da menina. Cárem foi ao chão.

— Senhor, proteja esta casa do pecado! Satanás está tentando entrar aqui!!! Mas manteremos a Besta lá fora, ó, Deus!

Caída aos pés da mãe, Cárem começou a chorar, dor e raiva confundindo-se dentro dela. Pela primeira vez na vida, encarou a mãe com ódio no olhar.

— Mamãe, eu não fiz nada!

E aquela força invisível saiu dos olhos de Cárem, empurrando a mãe para trás e fazendo-a cair de costas contra a frente do fogão. Com a força da pancada, a pesada panela com o óleo fervente das coxinhas virou e caiu sobre ela. E Cárem entrou em pânico ao escutar os urros de dor da mãe, enquanto grande parte do corpo dela — principalmente cabeça, ombros e tórax — era corroída por queimaduras de terceiro grau.

Sem conseguir gritar ou se mexer, Cárem continuou no chão da cozinha, ouvindo aqueles gritos, aos poucos, diminuírem. O rosto da mãe, desfigurado e de boca escancarada, contraída de sofrimento e dor, tinha os olhos, já sem pálpebras, fixos na filha. Assim ela morreu.

Cárem ainda encarava o corpo, sentada no chão da cozinha, à noite, quando Martins e Nogueira, dois tiras do DP da região, entraram em sua casa e a encontraram. Haviam ido procurá-la após os depoimentos inacreditáveis de Mauro, Hermínia, a cozinheira e a ajudante, que apontavam a menina como causadora da tragédia. Todos os alunos e professores da escola haviam morrido, e bombeiros ainda combatiam focos de incêndio e procuravam corpos na favela.

A menina, em choque, não reagiu ao ser abordada pelos policiais. Seu olhar estava parado, e ela também não respondeu quando os policiais tentaram lhe fazer perguntas. Os investigadores acionaram a perícia da Divisão de Homicídios, para examinar o corpo de Margarete, e a Polícia Militar. Assim que uma viatura da PM chegou para preservar a casa, eles resolveram levar a menina à delegacia.

Na viatura, Nogueira puxou a conversa com o colega:
— Você acha que a menina fez mesmo tudo aquilo?
— Lógico que não...
— E a mãe? Acha que ela matou a mãe?
— Não, não... Ela não ia conseguir virar aquela panelona de óleo quente em cima da mãe sem se queimar também, eu acho. A mulher deve ter caído e batido no fogão. Ela fritava salgadinhos e...
— Mas ela pode ter empurrado a mãe.
— Isso, sim. Lá na delegacia, quando ela tiver mais calma, o doutor — referindo-se ao delegado — conversa com ela.
— Eu achei estranho que o depoimento dos três funcionários da escola bateu. Todos contaram a mesma história... Detalhe por detalhe...
— Sei lá, bicho. Esse negócio de poder da mente só existe em filme.
— É..., mas é melhor a gente chegar logo na delegacia. Quero ficar longe dessa menina...

O parceiro riu.
— Olhaí o marmanjo com medo da garotinha. Pode ficar calmo, meu amigo, logo mais o Conselho Tutelar assume e leva ela pra longe de você...

No banco de trás, Cárem arregalou os olhos.

MARCO DE CASTRO é jornalista, paulistano e fã de filmes e livros de terror desde a adolescência. Foi repórter policial durante seis anos e tem grande interesse por histórias macabras e sangrentas que mostram o lado mais vil e obscuro do ser humano. É autor de contos publicados no blog *Casa do Horror*. Dois deles, "O Bom Policial" e "Morto Não Fala", deram origem, respectivamente, aos filmes *Ninjas* e o homônimo, ambos dirigidos por Dennison Ramalho.

A perda da inocência é retratada por King em "Verão da corrupção — Aluno inteligente", que descreve a estranha relação entre um velho torturador nazista e um rapaz de 13 anos de idade fascinado pelo terror do Terceiro Reich. E o que aconteceria se um garoto obcecado pela polícia brasileira tivesse um laço similar com um policial aposentado da periferia de São Paulo?

ANTOLOGIA

SANTA NEGRA

por

FERRÉZ

Remava e sentia o vento no rosto, era exatamente isso, o ir, o passar, o deixar rolar.

Nos seus 13 anos, poucas ideias fixas, gostava de causar. Com 45 quilos era apelidado na escola de Pouca Grama, ria de tudo, ria do que seria o futuro e remava quando as rodinhas iam parar, o pé no chão era a alavanca para deixar estar.

Ainda teria muito que remar, passar em mais oito casas para deixar os comunicados do bairro, os vizinhos tinham criado um grupo de segurança comunitária, "Amigos do Bairro". Trombadinhas, mendigos, bandidos da velha geração, todos seriam expulsos pela "força", pela "união" da comunidade.

Deixava os panfletos, criação de seu pai obcecado por segurança, por baixo das portas, desde que não tivesse que ir na aula de clarinete estava tudo bem.

Parou em frente à casa azul, a única que o morador não era aberto a novas amizades, que não participava das reuniões de bairro e que dificilmente era visto na vizinhança, fosse lavando o carro, fazendo uma caminhada ou mesmo cobrando os aluguéis dos inquilinos que tinha, já que todos sabiam que aquele senhor era dono de pelo menos meia dúzia de casas naquela vila.
Quando colocou o flyer embaixo da porta, antes de se virar, um homem velho mas com bom porte físico abriu a porta.
Leu rapidamente o escrito e disse:
Então os vizinhos bundões se uniram e querem segurança? Que merda! Não duvido nada, se é o mesmo povo que alimenta os direitos humanos pra vagabundo.
Amassou o flyer e jogou no lixo ao lado da porta.
Rafael olhava assustado e começou a balbuciar algo que era uma resposta.
O senhor não devia fazer isso, devia nos ajudar, principalmente o senhor.
O que quer dizer com isso, por que eu?
O Mário me contou, não falei pra ninguém, mas ele me disse que o senhor era policial.
Esse meu afilhado tem a boca grande demais.
Tranquilo, senhor, não vou falar nada pra ninguém.
Primeiro, para de me chamar de senhor toda hora, meu nome é Rodnei.
Bom dia, senhor Rodnei.
Bom dia por quê? Tão distribuindo membros de políticos em algum lugar?
Não entendi?
Nada, menino, qual seu nome?
Rafael.
Quer um copo de refrigerante, entra aí.
Rafael entrou, estava mesmo entusiasmado para saber da vida do velho. Foi sentando no primeiro sofá que viu e perguntou enquanto o homem voltava da cozinha com um copo cheio de refrigerante:
Como é ser um policial?

A maioria dos dias é de Boca podre¹ e primeiro, senta no outro sofá, que nesse eu sento. Segundo, que nunca fui polícia, menino. Mas diga logo o que quer saber, então *mato* sua curiosidade e pronto.
O menino sentiu o peso na fala da palavra *mato* e ficou sem ar por alguns segundos.
Bom, quero saber como foi com o senhor. Matou muita gente?
Se for começar assim, melhor você ir, garoto, por acaso é de esquerda? Desses partido aí que quer invadir a casa dos outros?
Não mexo com política.
Então ela mexe com você.
Mas vou te falar uma coisa, lidar com ser humano é foda, no quartel tinha uma pá de Voador², então montar um time bom era difícil. E ainda tinha os Raros³ que numa decisão você morre sem eles se mexer.
Mas o senhor acabou de dizer que não foi policial.
Ronda ostensiva não é polícia, menino, é outra realidade, você ouviu a vida toda uma conversa errada e se apegou a ela.
Ah é? Pois isso é minha obsessão, então não tem como voltar e dizer que não foi policial.
O que é isso? Onde ensinam meninos como você a falar desse jeito?
Na escola, o professor disse que os bem-sucedidos são obsessivos, eu sou um desses, meu pai colecionava bonecos do Chips.
O que é isso?
Patrulheiro do Clube Chips, uma série americana de dois policiais rodoviários, então, depois que o Mário me disse do senhor, pesquisei, fui atrás e encontro o senhor citado no livro do jornalista.
Droga! Um menino, um menino curioso e vou ter que mudar de novo, porra de jornalista, aquele Caco, fez aquele livro de bosta.
Rota 66, o nome é esse.
Eu sei, eu sei, me diz o que você quer?
Histórias.
Histórias?

---

1   Missão muito desagradável. (N.A.)
2   Aquele militar que tá sempre sumindo pelo quartel pra não receber missão. (N.A.)
3   Aquele militar lerdo. (N.A.)

Sim, quero saber como era, como acontecia, quem dava as ordens, como era conviver com tudo isso e...
Volta aqui amanhã, hoje tenho que ver uma caixa d'água com problema na casa de um inquilino.
Rafael, ou Pouca Grama, ou menino, levantou e enquanto pegava o skate agradecia o refrigerante.

———

Dimenó, apelido ganho na infância, por ser baixinho e ter cara de folgado, injeta o bico da bomba no carro, hoje foi de Mizuno, seu tênis mais querido, trabalhar, toma cuidado ao extremo para não sujar, tem mania de olhar para todas as placas, vindo de uma vida tumultuada, uma vida de vida louca, diz pra todos que foi resgatado pelo rap, um ritmo dos bairros periféricos, com poesia, sempre com cunho social, que lhe indicou a leitura de revolucionários como Malcolm X e Mandela. Da vida antiga, o que sobrou foi a mania de decorar as iniciais, como não guarda modelo nem cor dos carros, onde certamente estão os inimigos que foi adquirindo.
cto. Não, inimigo nenhum.
dcd. Putz, pode ser, algo como dc foi o que me fechou na marginal. Olha pra cara de todos no carro, o motorista barbudo, ele, sim. Ele o fechou na marginal, dcd com certeza.
O barbudo paga e sai, Dimenó encara, o barbudo não entende, mas acompanha pelo retrovisor.
O celular toca, Dimenó pega, o rosto que aparece lhe faz abrir um sorriso tímido, é ela, ele se prepara para deixar a voz suave, não acredita que conheceu uma mina tão linda, e nem filho ela ainda tem, e olha que já tem 16 anos.
Alguns minutos de conversa e tem que desligar, comprar banana, laranja e não pode esquecer da cenoura, sua mãe prometeu fazer um bolo de cenoura recheado de chocolate. Presente por ele ter arrumado emprego.

Rafael bateu na porta e em alguns segundos estava no sofá novamente.
Verdade que vocês têm um álbum com fotos de quem procuram?
Verdade que vocês são independentes do governo?
Verdade que só quem mata sem dó entra pra corporação?
Nossa, menino, parece uma metralhadora, me diz aí mais dessa obsessão por vida de polícia?
Eu fui atrás, entrevistei um segurança, mas ele só tinha batido nuns trombadinhas, nada de matar, então fui num PM, mas ele tinha só caso de briga de casal pra contar.
Nesse momento ele solta um sorriso no canto da boca.
Mas fica tranquilo, eu não vou te amolar, como se fosse ter dó deles, o estado é soberano, meu pai sempre fala.
Fala o quê?
Que os vagabundos têm que morrer, que bandido bom é bandido morto, que ele trabalhou muito.
Então você não é dos que engordam o discurso de uma justiça social e tal?
Eu não, cada um tem o que merece, que se fodam.
Na sua época vocês tinham parcerias com os comércios?
Dizem que eles dão uma força pra vocês, e a molecada que atrapalha eles acaba "sumindo".
Vocês se aliaram a pés de pato na época?
Se aliaram aos matadores amadores?

Sabe o que é isso? Um 38 aço inoxidável de 6 tiros, abre a boca, abre a boca, porra! Pensa na sua vida indo embora, pensa na sua mãe não sabendo o que aconteceu, a falta dentro de casa, os olhares pra sua foto, você acha que algum emprego no mundo tampa esse buraco? Eu tinha um buraco gigante aqui no meu peito, aí colocaram uma porta, soldaram ela no primeiro dia do meu trabalho, me jogaram num lago, e depois sentado em cima de um garoto, era um garoto igual você, só que pobre, preto, sem oportunidade pra porra nenhuma, sem sonhos que nem você, sem segunda chance, era um garoto que podia estar aleijado e mesmo assim tinha que subir uma escada gigante pra tentar chegar pelo menos perto do seu privilégio. Então, filha da puta, como ousa comparar a guerra na rua? Ele era um guerreiro, eu sou um guerreiro. Você é um filho da puta cheio de Nutella até pelo cu. Meu coração, caralho, ele é uma porta de aço trancada, ninguém pode entrar mais nele, não dá acesso, não adianta achar o uniforme bonito, por a mão pra fora da viatura, adrenalina filha da puta o dia todo, você ouvindo problema do mundo inteiro e não tendo quem te ouvir, um dinheiro caro pra se ganhar, não me arrependo, de nada, nada... talvez posso me arrepender de te deixar ir, o que é isso? O que é isso? Você se mijou? Você não admirava? Não tinha uma obsessão pelo que eu fazia, eu faço isso, na sua boca, na sua cabeça, eu injeto medo, somos o terror do crime, impomos respeito porque os coxinha do caralho se vendem por uma moeda, e moeda entorta a palavra. Pra ser da ROTA, tem que ter bola no saco, tem que ter amor pela farda, pela família, pela guarnição, seu filho da puta, mas nunca desrespeitamos bandido, porque bandido de verdade é homem, não arrega, não troca cabeça, não cagueta nem fudendo, nem com um desse na boca, ele não abre o bico, não é Chavoso[4], não tá no bagulho por esporte, então tem meu respeito, agora sua raça, sua raça tá fudida, vocês estão numa gozolândia do caralho há muitos anos, descendo de skate, de tudo que é jeito essa ladeira do privilégio, e um dia essa porra acaba, um dia não vai ter Toddynho na geladeira, baba filho da puta, baba no cano do revólver, sente um pouco, sem favela, sem córrego, sem a fome, a vontade de ter algo, sente o aço pelo menos.

---

4 Chavoso é uma gíria popular usada para se referir a uma pessoa estilosa, com estilo de bandido. (N.A.)

Embora tenha dito tudo isso, a boca não se mexeu, então ele foi pegar mais refrigerante pro menino.

Na verdade ele continua somente me olhando, devia ser os minutos que fiquei imaginando tudo isso, montando essa narrativa. Claro que agora, muitas décadas depois do fato, eu tenho palavras melhores para escrever, meu pensamento no dia devia ter sido bem mais simplório, algo como o revólver na minha boca e muitos palavrões, mas com o decorrer dos anos, fui construindo esses argumentos para um dia jogar aqui no papel. Meus lábios secaram de perguntas, ele finalmente desviou o olhar e foi pra cozinha e voltou com um copo de café.
Notícias de rádio e café, isso você pode anotar.
O que, senhor? Não entendi.
O dia que tiver ouvindo notícias de rádio e tomando café preto, aí sim, você tá ficando velho, ah!, e também quando notar que tá ficando invisível, aí pode ter certeza.
Dei uma risada curta, para não soar que estava totalmente certo seu argumento.
Volte amanhã.
A porta se abriu, e uma moto passou no mesmo momento que o menino ia sair, o barulho era insuportável, o escapamento aberto, e o menino acelerava e forçava o motor, emitindo os famosos tiros.

Dimenó, apelido ganhado já na infância, por ser baixinho e ter cara de folgado, injeta o bico da bomba no carro, hoje foi de Mizuno, seu tênis mais foda, primeiro dia indo trabalhar, toma cuidado ao extremo para não sujar, tem mania de olhar para todas as placas, vindo de uma vida tumultuada, tem uma nova vida agora.
Fazia questão de acelerar e soltar os barulhos na frente daquela casa, casa de gambé, de comedor de coxinha, de lacaio do estado.

Rafael chegou mais cedo aquele dia.
Tudo bem?
Merda nenhuma, fiquei a manhã toda arrumando a caixa da vizinha, aí quando tava descendo quebrei duas telhas, e lá vai mais trampo.
Nossa. Tem que tomar cuidado. Mas hoje o senhor podia me contar como é abordar alguém sabendo que a pessoa deve.
Menino, nunca é fácil assim, você não tem certeza até um certo ponto, eu já olhei nos olhos de um menino e não bastou, tive que olhar na situação que ele olhava, entendeu?
Mas era favelado? Trombadinha? Bandido formado, assim, tipo, grande é mais difícil?
Num dá pra classificar assim não, na verdade, menino...
Os olhos foram para o teto e toda favela em volta, ele não via nada, o céu tava muito alto, então só olhava pras casas, aquelas calças com elásticos nas pernas, bombeta, pra combater o sereno da madrugada. Dizem que sua primeira treta foi quando decidiu reclamar da gasolina no posto, era um posto de bandido, um cara com perua vendendo doce é um líder de gangue, uma arma puxada, as lágrimas da criança, o desespero da mulher que só passava em frente ao posto, e outra vez quem não foi morto tá preso, e quem ficou pra dar o depoimento?

Não entendi nada do que o senhor disse.
Você acha que é só sangue, uma vez fomos chamados numa casa, fomos pra guerra, tinha um vaso quebrado, o cara quase dividido no meio, e aí meu parceiro entrou no mercado, porra, era um roubo no mercado, nada demais, talvez uns moleques e aí era um carro da civil falso e bala vindo de todo lado, e uma semana depois, um mercado quase igual, era muito parecido, e fomos com tudo, e entramos pra zerar, e logo demos dois no peito do cara, e ele caiu com a porra de um revólver falso na mão, e outro cara correu, e a corregedoria veio

embaçar, e uma mulher chata do caralho tinha separado do marido, não era um chefe de quadrilha, os Gansos[5] tremiam quando a viatura dobrava a esquina, eu usava o banheiro todo dia no mesmo lugar, a padaria do Joca. Ninguém sabe como é humilhante, você está na rua, às vezes 24 horas direto, não tem onde cagar, aí fui pedir um café, e o cara me dava cabada na cara e não podendo sacar, ele pedindo o celular, eu com o revólver na cinta, mas nas costas, era refrigerado, bonitão sabe, várias janelas.
O senhor tá falando de tudo misturado.
Tem polícia que vende o ganso, eu nunca entreguei o ganso, é um animal raro na flora, entendeu?
Tá achando que é filho de pai assustado? Que vai me dar diploma de trouxa? A vida é uma puta fábrica de abrir feridas, menino, quer mais refrigerante?
Não, obrigado.
Peraí, menino, tá ficando frio, vou pegar minha Gandola[6].
O senhor quer que eu volte amanhã?
Faz assim, volta mais tarde, umas 7 da noite se quiser.
Ok, valeu.
Fomos até a porta, Dimenó estava parado do outro lado da rua, com mais três meninos, um deles enrolava um baseado.
Tá vendo aquilo ali, menino? Nunca cole com esses tipos, são sem futuro.

Rafael voltou as 7 da noite pontualmente.

Uma vez abordamos um jovem, uma calça justa, cabelo amarrado pra trás, então o outro Steve perguntou se ele é gay.

---

5   Informante da polícia (N.O.)
6   "Blusão" de tecido mais grosso que se usa por cima da
    camisa camuflada. Tem botões e manga (N.A.)

Mike, você não precisa dar dessas.
Mas o nome dele era Mike ou Steve?
Os dois, menino, é o jeito que chamamos outro polícia na rua.
Ah!
Então, continuando, o Steve acelerou o moleque demais.
Você é gay, caralho?
Não, senhor.
Aí o Mike puxa o revólver, ele queria dar uma lição no jovem, pretende dar um tiro pra assustar, talvez a cura gay, talvez o menino parecesse seu filho, sei lá, tinha alguma coisa ali, sabe? Aí engatilha e antes de virar toda a arma, atira, a porra do tiro despedaçou o orelha do menino, que caiu gritando, aí foi fatal, ele deu mais dois no peito, e perdermos a arma reserva de novo.
Nossa! E não rolou investigação?
Tem uma hora que você se fragmenta mesmo, deixa ir umas partes, sabe, deixa ir algo embora, fica menor o sofrimento, deixar a frequência ficar fraca. Quando chegava em casa, porra! Eram uns tempo foda, tirava o uniforme, parece que tirei o pó de algum jeito, e não era só ele que eu punha no guarda-roupa, era eu também, entendeu?
Sim, tô entendendo, o senhor lembra do jornal que falei? Trouxe a matéria, o senhor está no canto, tenho certeza que é o senhor.
Pode ser, o cara parece mais alto que eu, o que foi isso?
Aquele caso do cara que foi jogado dentro da viatura, uma testemunha filmou tudo, depois foram num bar, quer dizer, atiraram, mataram geral a negraiada, e aí deu um puta escândalo, tinha um cara do rap, acho que um cantor.
Um disc jockey.
Isso, algo assim, como o senhor sabe?
Acompanhei, um jornalista fez uma material acusando nossa unidade, mas não somos amadores, isso foi coisa de risco de vulnerabilidade.
O menino ficou em dúvida da palavra, não teve coragem de esticar mais o assunto, guardou o jornal.
Joga fora esse jornal, menino, jornal só serve pra gato mijar, a verdade vai embora quando entra a tinta na impressão.

E como o senhor começou a comprar essas casas? Dava dinheiro ser da ROTA?
Nunca foi por dinheiro, por incrível que pareça, esse negócio de casa, aprendi com o crime. Que ironia, né? Mas nem no batalhão nem na escola. Nunca tinha planilha financeira, como investir e nada disso. Na rua fui observando que cada ladrão sem nada, sem flagrante, tinha sempre no bolso recibo de aluguel, desses de comprar no bazar e aí um deles falou 1% sem fiador é a renda, 1% do imóvel o preço do aluguel, sem fiador, quem seria o inquilino que não pagaria um ladrão?
Entra um policial, sabe, quem não pagaria também? Então comecei a pensar em montar uma carteira de casas.
Mas voltando às ruas, se matasse um ladrão ganhava uma folga? Se trouxesse arma, tinha um bônus?
Uma vez, Peguei uma preta[7], pegamos um cara, ele tava com o capacete na mão e uma camiseta da arma Uzi, achamos estranho, abordamos. O cara ficou calmo, disse que estava indo pegar uma moto, mas apertamos, então ele começou a ficar gaguejando, aí um amigo apareceu, jogamos no muro também, o cara nem conseguiu falar e o Steve deu um soco na boca dele, disse que abordagem não era show não, o cara do capacete se tremia todo, aí o amigo com a boca sangrando, e Steve olha pra um fio no muro, mas olhou assim sem pensar, sabe? Aí o cara diz "choque não, senhor". E o olho do Steve brilhou, o sargento se mijava de rir, mandou pegar um balde de água.
E aí?
E aí o quê? Os caras se tremiam, soltavam um falsete, depois conseguiu falar onde estava a moto, fomos lá e era verdade, mas aí já tava mais ligeiro.
Os caras tremiam?
Bandido ruim tremia, bandido bom agradecia.
Agradecia?

---

7   Estar de serviço qualquer dia 2ª a 6ª. (N.A.)

Sim! Você tem noção do respeito que a ROTA tem no crime? Uma pá de Farândula[8] no mundo, não forjamos, não sequestramos, não cometemos crime pra punir o crime, entendeu?

E já aconteceu algo que você até hoje não consegue explicar.

Sim, um Jangal[9], uma vez chegamos num bar, era uma abordagem, uma denúncia de um cara com um volume na blusa, aí colamos, abordamos, e o cara era um cidadão de bem, não era produto de crime nem nada e foi liberado, mas tinha um cara sentado, e mandamos levantar, daí em diante, foi foda, o cara era muito sinistro, ele ficou olhando e ninguém teve coragem de revistar, ele só ficava olhando e aí não dizia nada, mas os olhos, até hoje eu lembro dos olhos.

E as drogas?

Droga é uma epidemia, mas acima de tudo é o controle, de como meter pobre na cadeia, sabe, essa é a verdade.

Mas cada um tem um motivo pra usar, uma guarnição tinha um Zero-um[10] fenomenal, mas fizeram merda, pegaram dois caras roubando uma pizzaria e em vez de levar, andaram com eles e tiveram a brilhante ideia de parar num beco escuro e fazer um chupar o pinto do outro, e o Zero-um foi lá e ainda não satisfeito, filmou tudo.

E o que aconteceu?

Aí, que o vídeo viralizou, num mês fomos com um na represa, ele até que durou muito.

Vocês...

Veja bem, menino, um cara desse não é Tobias Aguiar, não merece usar nosso nome, uma porra de um sádico desse, um cara gay desse. Menino, por hoje chega, vou ali falar pra inquilina parar de fazer bolo.

Bolo?

Sim, o gás é compartilhado entre os moradores, e ela está fazendo bolo pra vender, um dos vizinhos veio aqui denunciar.

---

8 Grupo desorganizado. (N.A.)
9 Situação ruim (estar no jangal = estar na maike). (N.A.)
10 Melhor colocado, cabeça da turma. (N.A.)

O bar estava lotado como sempre, ficava na esquina e Rafael sempre passava por ali, afinal a descida era logo depois e poupava umas remadas no skate, estava quase terminando de passar pelo bar quando ouviu mesmo em meio ao som alto, seu apelido, parou o skate e pegou na mão.
E aí, Pouca Grama?
Oi, Dimenó.
Cara, preciso falar contigo rapidão, olha, vi você na casa daquele sujeira lá.
Eu? Na casa de quem?
Do polícia lá, o velho chato que vive chiando da gente.
Ah! Eu tava levando panfleto pra ele e...
Olha, nem precisa se explicar não, é que você é sempre na sua, sabe, ninguém tá te oprimindo nem nada, mas evita falar com ele porque o povo é buchicheiro, sabe? E depois qualquer coisa que der merda na quebrada vão dizer que você levou pro velho, essas fitas...
Dimenó interrompeu a conversa quando notou o carro vindo em direção ao bar.
O carro prata dobrou a esquina, o bar estava lotado, Dimenó estava na hora com a cerveja na mão e conversando com Rafael, o carro parou em frente ao bar, a porta do carro abriu, desceu o que devia ser o zero-um, homem de gandola e máscara preta no rosto e disse uma única frase.
Hora de Aloprar[11].
Dimenó congelou, o impulso era se jogar pra trás, mas era um bar, um cômodo com banheiro, o que ia adiantar?
Viu a arma logo em seguida, os olhos denunciaram e Rafael se virou, então outros olhos encontraram os seus e apesar da máscara algo de entendimento se fez presente.
O segundo homem de máscara foi saindo do carro, o primeiro se virou e falou educadamente pra ele.
Se for agora vai Dar sopa na crista[12].
Então entraram e o carro disparou.

11   Tocar o horror. (N.A.)
12   Aparecer muito, e acabar se f... (N.A.)

Dimenó derrubou a cerveja no chão.
Essa vai pra Santa. Obrigado, padroeira.

A campainha tocou, parei de digitar o texto, tinha que entregar no início de setembro, pra sair perto do aniversário do grande Stephen King, mestre do terror e tal, encomenda de uma editora do Rio, dois caras sinistros ligados ao terror, fui pra porta onde um menino que não passava de 11 anos estava me olhando.
Nossa! Que legal, queria falar com o senhor, tem um minutinho?
Pra quê?
É que... bom... eu tenho um sonho de ser polícia e...
Um filme passou na minha cabeça, tinha sido exonerado, várias frases misturadas com cenas e uma trilha sonora bizarra.
Olhando pro menino, pensei que não se tem aula pra ir pro crime, mas a cadeia acaba sendo a faculdade, e essa geração nova num tem cu pra enfrentar nem um 38 do banco, são fãs num país que ama o vigilantismo, ama super-herói, lota bienal vestido de matador de bandido. Num sabe o que é direito civil, nem direito penal, tem noção de nada. Não tem princípio básico de direito.
Lembrei do velho policial da ROTA, de quando ia na sua casa tomar refrigerante e ouvir suas histórias, da minha antiga obsessão. Mandei o menino entrar, ele sentou e ficou girando a cabeça olhando os quadros, as fotos com meus parceiros, as medalhas.
Verdade que o senhor hoje é escritor?
Fui até a gaveta e peguei o revólver de aço inoxidável, hora da lição.

FERRÉZ nasceu em Capão Redondo, Zona Sul de São Paulo. Foi um menino assustado nas ruas das periferias até que pela escrita aprendeu a assustar. Lançou os romances *Capão Pecado*, *Manual Prático do Ódio* e *Deus Foi Almoçar*. É ativista social em tempo integral.

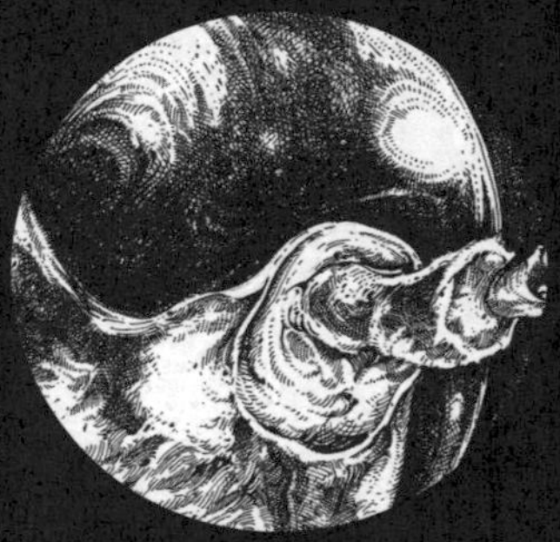

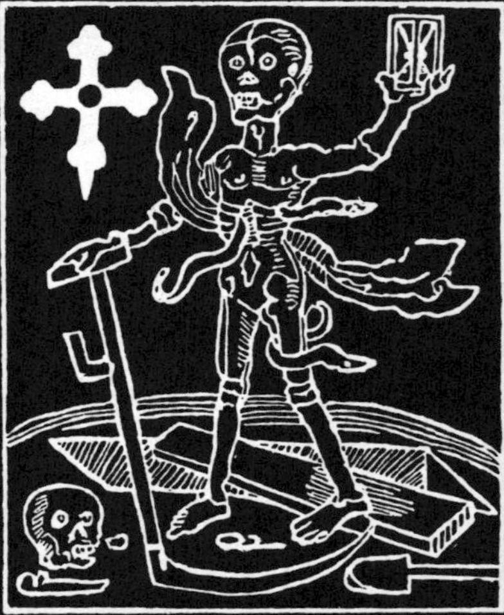

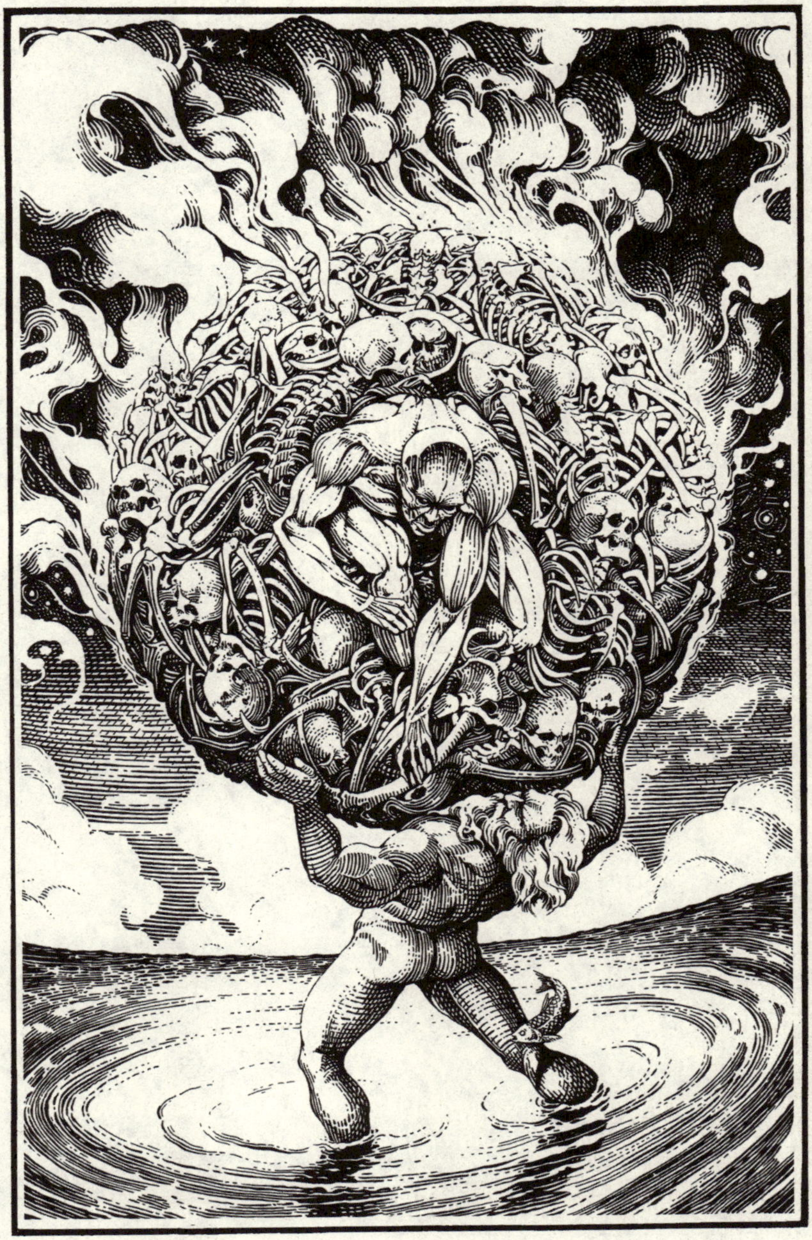

A vida pode mudar num instante, sofrer uma reviravolta extraordinária. É o que acontece com Jake Epping, um professor de inglês que é recrutado para impedir o assassinato de John Kennedy, em Novembro de 63. Na mente de King isso foi possível graças a um portal temporal escondido na despensa de uma lanchonete. No mundo real, a coisa é um pouco diferente, mas se pudéssemos mesmo voltar no tempo, seríamos capazes de mudar nosso destino?

ANTOLOGIA

O AMANHÃ de ONTEM

SK

por

ILANA CASOY

Antes mesmo de abrir os olhos, o cheiro acre invade minhas narinas. Posso sentir a umidade daquele lugar entrando pelos poros, ouço sons apavorantes reverberarem nos ouvidos. Minha cabeça lateja insistentemente e as sombras me envolvem quando abro as pálpebras. Meu Deus, a esperança que eu tinha de que fosse acordar de um pesadelo se desvanece ao enxergar cada pedra daquela parede imunda, onde a água escorre formando um caminho de limo e bolor.

Meu olhar desce pelo meu corpo, como que para me certificar de que ele ainda está inteiro. As juntas doem tanto que a sensação é de que vou me desintegrar a qualquer momento. Me jogo no catre sujo, sentindo cada costela reclamar do movimento. Flashes dos últimos acontecimentos invadem meus pensamentos com a força de um tornado que toca o chão de vez em quando. As memórias dominam meus olhos, que se arregalam na penumbra.

Primeiro ouvi. O estampido ressoou como uma maldição pelas paredes do escritório, e eu ali, de calças arriadas, quase caí no chão de susto. Levei a mão ao coldre por instinto, só para constatar o que sabia um milésimo de segundo antes: minha arma ficara na mesa do escritório.

Vesti as calças de qualquer jeito e saí, alucinado, procurando-a por toda parte. Um suicídio mais que anunciado por ela, que todo mundo ouviu, mas ninguém acreditou. As batidas do meu coração se misturaram com o gosto de bile na boca. O som do grito que se formou em minhas entranhas não saía. Me lembro de tê-la visto ali, esparramada, já sem um pingo de vida, o sangue lentamente escorrendo pelo piso frio.

Peguei-a no colo, inerte que estava, senti o líquido quente umedecer as minhas vestes e, interrompendo meu choro e minha incredulidade, os passos corridos dos vizinhos que se acumulavam à minha volta.

Mal percebi quando a polícia entrou na garagem, com as armas empunhadas, gritando para que todos se afastassem. Eu estava em um estado estranho, como que fora do corpo, atordoado de dor e de espanto. Não reclamei ao sentir o aço frio das algemas envolvendo meus pulsos. Segui dócil para o camburão que me aguardava.

A memória falha sobre a sequência dos acontecimentos. Olho para o teto da cela, manchado de umidade, e recordo frases soltas e fora de ordem.

Levo as mãos aos ouvidos, como se pudesse assim diminuir o volume daquele som dentro da cabeça. Fecho os olhos com força, na tentativa de ver além daquelas paredes. Como podem pensar por um minuto que eu a matei?

Ouço ao longe o estalar da janelinha entre grades ser aberta pelo lado de fora, o prato ser passado pela abertura e duas batidas fortes na porta de ferro da cela. Quase agradeço pela interrupção das piores memórias. Levanto e pego a comida, ao mesmo tempo em que sinto o suco gástrico subindo pelas paredes do esôfago. Engulo-lo rapidamente, tentando conter a náusea antes que ela se espalhe pelo chão. Fico ali, contemplando aquela mistura nojenta, vidrado na água suja que envolve cada batata. Revoltado, atiro a gosma contra a parede e assisto tudo escorrer, formando novos desenhos que, molhados, brilham nas sombras.

Deito novamente no colchão estreito, abraço aquilo que pretende ser um travesseiro e só então choro o choro convulsivo, o choro dos desesperados, que tenta escapar de mim há dias. Não sei quanto tempo passo ali, me afogando em lágrimas de comiseração que a lugar algum me levam, nem mesmo ao alívio.

———

Já deve ser noite quando acordo com o ranger da porta da cela se abrindo, ainda abraçado ao meu travesseiro úmido das lágrimas que derramei. Ou é suor? Me sinto ardendo em febre. Pelos olhos semicerrados vejo um senhor entrando. Ele veste uniforme de agente penitenciário e carrega uma pequena bacia nas mãos, cheia de água e coberta com uma toalha branca. Faz com os dedos sobre a boca um sinal me pedindo silêncio, enquanto fecha a cela e se dirige ao meu catre. Com delicadeza, ele se senta ao meu lado e pacientemente molha a toalha, passa no meu rosto, cobre a minha testa, até que a "compressa" esquente e ele recomece o processo. O silêncio é esmagador; minha respiração acelerada, difícil. Os olhos do velho me observam, argutos, e suas mãos vão de-lá-pra-cá sem parar. Um alívio imediato começa a me invadir. Quero perguntar o nome dele, mas estou fraco, minha voz não sai. Enxergo no crachá o nome simples: Chico. Tento me explicar em frases talvez desconexas, tenho a sensação de que cochilo entre elas, mas quero contar para aqueles olhos astutos que não tive culpa, que não fiz aquilo — ela avisou, ela avisou — falo debilmente. Ele sussurra — shhh — a cada tentativa minha, mas os argumentos teimam em escorrer boca afora, aos borbotões — ela... ela... pegou na minha mesa... A gente tinha tomado a dela... Meu Deus, que estupidez a minha...

A água fria escorre pelos meus ralos cabelos, seu Chico segue tentando abaixar a minha febre. Sem aviso, o velho me abraça como se faz a uma criança pequena e me fala: "Eu sei, eu entendo, se aquiete". Ele coloca a mão direita na minha testa, compenetrado, e eu sinto um alívio imediato invadir cada poro do corpo. Um arrepio se alastra como uma bênção, o couro cabeludo se encrespa e tudo se apaga mais uma vez.

Me vejo em um longo corredor escuro. Nas paredes uma babel de portas fechadas se estende em desalinho, uma após a outra. São envelhecidas, a madeira marcada de várias maneiras, algumas com maçanetas retorcidas pelo tempo ou pelo fogo. Apuro meus ouvidos, mas os sons são abafados. Minha mente está confusa, não sei como prosseguir. Vejo nos olhos de seu Chico um incentivo e escuto sua voz sem que seu rosto mexa um músculo sequer: "Adiante, explore, conheça, experimente".

Com a mão trêmula, encosto de leve no trinco de uma delas. Não está quente. Com cuidado, abro uma fresta e olho para dentro. É uma sala de audiência bem simples. O juiz está togado, ladeado por um promotor à direita e uma escrivã à esquerda. Na frente dele vejo minha irmã sentada, mas não escuto o que ela fala. Nas mesas perpendiculares ao juiz me vejo sentado, com um homem ao meu lado que presumo ser um advogado. Estou vermelho, suando muito. Olho para seu Chico, que se mantém neutro, imóvel. Me aproximo, como um espectador invisível à peça de teatro que se desenrola no palco à frente. Me concentro, estreito os olhos. Minha irmã está bonita! Seus longos cabelos estão presos em um coque alto, com alguns fios que se soltaram lhe emoldurando o rosto angular. Ela fala algo, agitada, as mãos mexendo na bainha da blusa, como sempre fez desde criança quando se sente nervosa. Eu tento ler sua linguagem corporal e adivinhar o texto que sai de sua boca, mas é difícil. Pareço estar em uma dimensão desconhecida, mas só posso deduzir que ela me defende da injusta acusação que sofro, afinal ela me conhece, sabe que eu nunca faria aquilo. O relacionamento sempre foi difícil, mas o amor supera tudo, não é assim? Eu a vejo exaltada, as unhas pintadas de vermelho reluzindo enquanto as mãos acompanham suas palavras. Olho para mim mesmo ali sentado, atrás de mim, um homem uniformizado. Não estou bem, isso eu rapidamente percebo. Estou muito mais magro, abatido mesmo, fraco. O advogado coloca a mão em meu antebraço, me contendo, eu levo as mãos à cabeça, em um trejeito inconformado. Preciso ouvir, mas não sei como. Chego mais perto e tento tocar minha irmã. Imediatamente um choque percorre meu corpo de cima a baixo, quase doendo. Ao longe começo a escutar a fala dela, mas só palavras soltas, como uma ligação no celular que se entrecorta — Frio, violento... Tinha procuração dela... Homossexual... Assassino... Dinheiro, dinheiro.

Fico petrificado de horror. Será de mim que ela fala? Não é possível. Ela olha para o lado, como que me visse, mas volta-se novamente ao magistrado e prossegue... As dívidas dele. As minhas? Fala para ele, mana, explica que a mãe sabia, que não tinha risco!

Eu tento gritar em desespero, mas nenhum som sai da minha boca — Fala que ela era triste, que já tinha tentado acabar com a própria vida! Pelo amor de Deus, mulher, fala a verdade! Você é quem deixa ela triste! — Mas tudo continua como se eu não estivesse ali presente e me dá uma sensação de impotência infinita, como se eu não pudesse mudar o que está sendo dito.

Saio pela porta, desesperado, e tento atravessar as paredes para voltar ao meu catre e acordar, mas não consigo. Com a palma das mãos sinto as pedras frias que se erguem à minha frente e chamo seu Chico em um grito desesperado, apertando as pálpebras para desaparecer com tudo aquilo. Me sinto cair em um vácuo de uma altura infinita, em uma velocidade vertiginosa. Ao abrir os olhos, estou novamente deitado no colchão magro, seu Chico ainda passando a toalha e recolhendo as profusas gotas que brotam sem parar da minha testa.

— Seu Chico, socorro, me explica onde eu estive!

— Meu filho, você viu uma das portas do seu futuro — ele diz calmamente, como se fora algo corriqueiro.

— Futuro? Como pode? Acho que era um pesadelo. Eu não quero esse futuro! Ela sempre teve ciúme de mim, eu sei, mas dizer que sou violento, assassino da nossa mãe? É horrendo! Por que não posso explicar, falar com ela, impedir que isso aconteça? Eu mal ouvia...

— Não pode, essa é a escolha dela, não a sua.

— Então eu posso mudar a minha?

Seu Chico, paciente, responde em tom monocórdio:

— Você quer mudar mesmo? Vá lá de novo, dessa vez, sozinho. Tudo o que você vai enfrentar está dentro de você, não fuja. Tire o véu que cobre o seu entendimento. A verdade pode machucar, mas reconstrói.

— Eu não entendo! Como posso ver o que ainda não aconteceu? E como mudar o que já vi?

— O tempo é uma dobra, meu filho, mas o destino não. Passo a passo. Levante-se, encoste a palma das mãos na pedra fria, concentre-se. Escolha sua próxima porta com cuidado. Nem todas elas são tristes, saiba disso. Outras são terrivelmente dolorosas. Use a sua sabedoria.

Seu Chico se levanta e, arrastando uma perna, abre a cela e escapa pela porta antes que eu me levante. O som seco dela se fechando é como um tiro que me acorda.

Dessa vez fico parado no corredor escuro por alguns momentos, examinando aquele número desumano de portas. Elas não têm uma ordem, não seguem um padrão, como encontrar um caminho ali? Qual critério de escolha será sábio o suficiente para não me deixar ainda mais confuso? Vejo ali na frente uma escada gasta e encardida e tomo sua direção, intrigado. Outro andar de portas, como uma memória desordenada de mim mesmo. Desacelero o passo, para que a pressa, não tenho prazo, ou tenho? Tento me concentrar nesse novo patamar, mais claro um pouco, que desequilibra meu conceito sobre luz e sombra. Aqui, talvez descendo, eu encontre a claridade.

Encosto a orelha em cada porta, precavido, procurando reconhecer os sons de lá de dentro. De repente escuto música e me precipito, entro ali na ânsia de encontrar felicidade. E encontro. Minha filha está linda, adulta, vestida de noiva, sorridente. Um rapaz bem-apessoado dança com ela salão afora, rodopiando velozmente, enquanto muitos convidados os rodeiam batendo palmas e cantando. Novamente escuto sons entrecortados, olha ali a minha sogra, elegante, mais adiante o Zé Ubaldo e a esposa, ainda exuberante. Vagueio pelo salão, curioso, tentando adivinhar o que acontecera de hoje até esse dia. Eu também sorrio, confiante, na certeza de ter encontrado um futuro mais feliz nessa sala onde agora me movimento. Passo os olhos pelo ambiente e a vejo, minha amada, minha amante, linda, vestida de gala, gargalhando. Meu coração quase sai do peito, a saudade me apertando. Apresso os passos em direção a ela, a rodeio, mas ela não me vê. Afago seus cabelos ainda negros, tão compridos, e a vejo sorrir em um prazer intenso. Será que ela me sente? Aliás, onde estou eu, que não me vejo? Me procuro, olho em volta, ansioso, onde me meti nesse futuro? Ando apressado por todos os cantos, não me acho, não adianta. Olho novamente a minha bela, agora dançando, seus pés deslizando como eu me lembro. E a verdade cai como um raio, eu percebo, o homem que a leva nos braços causando tanto prazer a ela não sou eu, é outro. Desta vez não me sinto horrorizado, mas triste, em desconsolo. Dobro os joelhos, sem forças para saber mais nada, e me percebendo morto e ausente, enfraqueço. Fecho os olhos, largo o corpo, começa a minha queda ao presente.

Sinto a aspereza da toalha fria escorregando pela face e tenho a certeza de que ao abrir os olhos encontrarei os de seu Chico. Ele me fita, quieto, preocupado. Estou com febre ainda? Já é dia? Que sonhos terríveis me acometem aqui, cheguei ao inferno.

Olho os lábios de seu Chico se mover, mas nada escuto, nem quero. Desejo sair dali a qualquer preço, não está acontecendo, é delírio. Tento me levantar, mas não consigo, o braço forte dele me contém e me encosta de volta, sem dificuldade. Deitado novamente, confuso, escuto aquele assobio conhecido — Shhhh, shhh...

— Seu Chico, eu morri na outra porta, tenho certeza, me ajuda a desfazer o que está feito... Minha menininha, ela casava, mas nem fui eu que a levei ao altar. Onde eu estava?

Seu Chico sorri um sorriso débil, e me olha cheio de compaixão, emocionado. — Muitos estiveram lá com essa intenção e não retornaram. Desfazer o que está feito. Você tem sorte, não se deixou levar, voltou a tempo.

— A tempo de quê? Eu não entendo esse mistério todo. Eu não quero esse futuro, faria qualquer coisa...

— Ssshhhhh, não fale. Está fraco, perde-se muita energia no deslocamento. Quando entrar a comida, se alimente. Você está mais magro do que devia.

— Há quanto tempo estou aqui? Mais de um dia?

Seu Chico se levanta, coloca o pano dentro da bacia e antes que eu pisque já sumiu da minha vista. Mais um dia?

Acordo melhor, mais lúcido, fortalecido. Abro a portinhola entre as grades e chamo o carcereiro. Pergunto a ele:

— Cadê seu Chico?

O homem me olha, intrigado.

— Quem é Chico?

Balanço a cabeça, confuso.

— Aquele que me cuidou na febre noites afora.

— Não conheço nenhum Chico — me responde, estranhado. — A gente não entra na cela no período de isolamento. Você está na solitária, meu chapa, fecha aí e fica na sua, quieto.

— Solitária? Ele entrou aqui durante a noite! Ele cuidou de mim! Estou desesperado, chama ele!

O fulano me interrompe, mal-humorado, coloca a bocarra na janelinha e berra, raivoso, malcriado.

— Todo mundo aqui é maluco, e inocente é que não falta! — Bate a portinhola e ainda escuto os passos funestos dele lá de fora.

Sento no catre, apoio a cabeça entre as mãos, desorientado. Sonhei tudo? Enlouqueci? Há quanto tempo estou aqui? Tenho uma ideia e me levanto rapidamente. Com os dedos, tateio cada pedra do calabouço em que me encontro. Há que se ter método na vida! Vou de pedra em pedra, me concentro a cada passo. Onde estão o corredor, as portas, as escadas?

Perco a noção do tempo, uma ironia, porque é a porta do tempo que eu procuro. Se o tempo dobra e não é uma linha reta, o meu hoje é diferente do amanhã de ontem. Tenho de encontrar a saída, tenho de ter fé, tenho de achar a minha mãe. Ela deve mudar a escolha dela e posso convencê-la, se puder localizá-la. Fecho os olhos, sinto os dedos deslizarem em cada buraco ou saliência das pedras enegrecidas da cela. Exausto, nada encontro, me deito e tento dormir, desalentado. Quando estou quase já embalado, sinto o chão tremer, o catre balançar. Me levanto rapidamente, assustado, e me vejo perdido em degraus para todos os lados. Tenho a certeza de que estou louco, mas prossigo. Se tudo o que acredito estiver certo, vou encontrá-la no mais baixo andar, desperdiçada.

Desço sem diminuir o ritmo, conto os passos. A escada dobra, o tempo dobra, o destino não dobra. Era isso? Decidido, vou ao fundo do poço, nada a perder que já não estivesse arruinado. E então eu vejo, lá no fim do último túnel, a neblina que sai pela porta escancarada.

Espio, entre a valentia e o medo, e vejo um vale macabro. São pessoas espalhadas, em um lamento de dor contínuo, desesperadas. Estão longe umas das outras, não se veem, perdidas em sua própria mágoa. Toco o ombro de uma por uma procurando minha mãe suicida, recebo olhares estranhos, esbugalhados, até que lá embaixo de uma árvore eu a vejo, quase nua, abraçada aos joelhos em um balanço doído, alucinado.

Chego perto com cuidado, sento-me ao lado, observo. Não quero assustá-la, mas preciso que me escute. Fecho os olhos sem saber o que fazer, meu coração chama seu Chico. Quando me encho de coragem e arrisco olhar, vejo-o caminhando em minha direção, altivo. Já não manca, nem está tão velho. Ele se agacha ao meu lado e começo a ouvir sua cantilena. Devagar, entendo tudo, ela está paralisada. Se prendeu à dor que a levou e não escapa, não me escuta, não vê nada. Não se lembra, não se ajuda, não procura um caminho, se enrodilha e aguarda que sua dor se esmaeça, resignada.

Seu Chico me explica, sem palavras, que existe um preço a pagar ao fazer a escolha que de mim se avizinha.

— É a lei, onde se ganha, também se perde.

Olho para ela, ali, desamparada.

— E o que perderei? — pergunto atônito, angustiado.

Ele sorri, um sorriso de quem sabe Deus, quem sabe o diabo. Tomo a decisão em um átimo, sabendo que não estou preparado. Corro e abraço minha mãe, a pego no colo e a carrego para fora dali o mais rápido que posso.

Antes que eu atravesse a neblina, o vento me açoita, amaldiçoando o meu caminho. Quem sabe o preço é ali mesmo, mas não me importo. Me sinto de repente solto do chão e começo a girar com ela ainda nos braços, apertando seu corpo o mais que posso para não a perder de novo. A poeira começa a entrar em meus olhos, inclemente, e os fecho em ato mecânico. Antes que perceba por onde, começo a despencar no vácuo.

O despertador toca ao meu lado e sinto o corpo da minha mulher encaixado no meu. Acordo atordoado, que sonho horrível, estou atrasado. Pego o celular, olho a data e o espanto faz minha língua parecer crescer e secar. Como pode? Que dia é hoje?

Me visto com uma pressa alucinada, pego a arma, mas antes de colocá-la na cintura, guardo-a de volta na gaveta. Hoje não.

Dirijo pelas ruas ainda vazias da cidade, preciso chegar a tempo, louco ou não. Começo a ligar para ela, quero falar, me assegurar de que ela nada faça, mas não atende, está na caixa postal, desligado.

Largo o carro na rua, destranco a porta com as mãos trêmulas, derrubo as chaves. Tento de novo, molhado pelo medo, apavorado.

Finalmente entro no velho sobrado, chamo minha mãe, vasculho cada canto, não a vejo. Subo as escadas pulando degraus, gritando mais, onde está ela? Abro a porta do banheiro do quarto dela, e ali está, desacordada. O corpo inerte dentro da banheira, a água avermelhada pelos pulsos cortados escorre sangue ainda vivo. A escolha é dela. Amarro desajeitadamente o ferimento com toalhas e chamo a ambulância

— Ela está viva, corram pelo amor de Deus!

Logo a confusão está formada, os homens de branco sobem apressados, a maca ao lado, os primeiros socorros, sangue estancado. Um médico se ajoelha, está de costas, coloca oxigênio sobre o nariz dela, faz massagem cardíaca, ritmada. Algo nele eu reconheço, mas volto o olhar para minha mãe, quase acordada.

Eles a levantam do chão, já atada à maca, e me dirijo ao médico, assustado:

— Doutor, ela vai ficar bem? Cheguei a tempo?

O médico se vira para mim. O olhar sagaz. Arguto. Em voz monocórdia, me diz:

— Shhhhhhh. Fica tranquilo.

Eu emudeço, pasmo. Ele me dá as costas, e sai, arrastando a perna.

ILANA CASOY é criminóloga e escritora. Dedicou-se a estudar perfis psicológicos de criminosos, especialmente de serial killers. Ela foi a primeira autora nacional da DarkSide® Books, madrinha do selo Crime Scene, e publicou *Arquivos Serial Killers: Made in Brazil*, *Arquivos Serial Killers: Louco ou Cruel?* e *Casos de Família* (que reúne "A Prova é a Testemunha", relato inédito do Caso Nardoni, e "O Quinto Mandamento", sobre o assassinato do casal Richthofen). Colaborou na série escrita por Glória Perez e dirigida por Mauro Mendonça Filho *Dupla Identidade* (2014), exibida pela Rede Globo. Também escreveu *Bom Dia, Verônica* em parceria com Raphael Montes sob o pseudônimo de Andrea Killmore.

Pseudônimos literários são legais, mas às vezes eles tentam tomar o controle. Na trama de King, Thad vê com horror a aparição, in persona, de George Stark, seu alter ego, sua Metade Negra sedenta de vingança. Tadeu sofre um dilema parecido, mas seria mesmo possível encararmos nossa pior metade e ainda nos livrarmos dela?

ANTOLOGIA

O VISITANTE

por

FERNANDO TOSTE

I

Eram quase duas da manhã quando Tadeu a ouviu pela primeira vez. Estava sentado diante do computador, vagando sem direção pelas redes e trabalhando duro para atingir o estupor alcoólico que finalmente o conduziria ao sono. Em outras palavras, era uma quarta-feira como outra qualquer.

Nada o teria preparado para aquela voz. Ela soava como o ribombar de trovões distantes e como uma revoada de pássaros, um milhão de ondas explodindo na rocha e o crepitar de chamas engolindo uma floresta. Era uma voz masculina, grave, repleta de autoridade e decisão.

"Não olhe para trás", disse a voz. Ela invadia o ar com um hálito felino, acre, fedendo a sangue. "Apenas ouça e faça o que eu digo."

Tadeu resistiu ao impulso de girar a cadeira e olhar para trás. Ele sentiu os músculos congelando e o cérebro entrando em curto-circuito. Sem se dar conta, seguiu as ordens e despejou palavras na página.

11

Acordou de ressaca, atrasado como sempre. Escovou os dentes sob a ducha fria que lhe massageava a nuca, engoliu um pedaço de pão e disparou pela rua com o gosto enjoado da bile subindo pela garganta.

Passou o dia sem pensar por um momento sequer no que acontecera. Enquanto os mesmos rostos inexpressivos dos alunos desfilaram em sua frente ou ainda quando se defrontou com o mesmo desprezo mal disfarçado dos colegas de café no intervalo das aulas, Tadeu enfrentou os não eventos daquela quinta completamente anestesiado. Mas havia algo. Lá no fundo, alguma coisa o perturbava.

No caminho de volta, com a mente ocupada pelas demandas de sempre (abastecer o carro, comprar pão, suco e leite), ele se lembrou subitamente da madrugada anterior. Foi como se uma janela se abrisse e uma forte lufada de vento soprasse todos os pensamentos cotidianos para fora de sua cabeça de uma só vez, deixando apenas uma vaga, mas irresistível impressão do som de trovão. Não era uma sensação agradável.

Com um pequeno esforço, ocupou-se das tarefas e esqueceu-se de tudo aquilo. Comprou suas cervejas e aproveitou a deixa, como de hábito, do ritual de boa-noite da mulher e dos filhos para recomeçar o outro ritual diário, obrigatório, de encher a lixeira de latas vazias e bitucas de cigarro. Entre uma e outra coisa, encarava a tela do computador à espera de um milagre. Sonhava acordado com a conclusão de seu romance de estreia, aquele que viraria o jogo a seu favor.

Tadeu vinha trabalhando no livro havia oito meses. Passara praticamente todo esse tempo olhando para o cursor que piscava na tela em branco, infértil. Ele não duvidava do próprio talento, mas não conseguia, por mais que se esforçasse, atravessar aquele abismo que o separava do computador. Não via a si mesmo, porém, ensinando inglês por mais seis anos. Droga, nem por mais seis meses. Aquilo era como a morte em vida.

Sofria assim, quieto, incapaz de traduzir em palavras toda a potência envergonhada de seu tumulto interior, enquanto empilhava religiosamente suas latinhas devidamente enxugadas na mesa. Uma após a outra.

Eram umas três da manhã quando despertou de seu torpor usual, com a sensação da lâmina gelada pressionando a garganta. Era uma sensação física, real demais até. Uma mão pesada apertou seu ombro com força descomunal e a voz — *aquela* voz — voltou a sussurrar em seu ouvido como uma tormenta atingindo um frágil ninho de pássaros.

Tadeu passou o restante da madrugada comungando com o deus selvagem que apertava a faca em seu pescoço, forçando seus dedos a trabalhar num ritmo improvável, impossível.

III

Acordou na manhã seguinte com o coração acelerado. Como Maria ainda dormia a seu lado, Tadeu passou uns vinte ou trinta minutos mirando o teto e revivendo o pesadelo em detalhes, até o momento em que já não conseguia mais se lembrar de nada. A sensação, porém, permaneceu com ele.

Ligou para a escola e deu uma desculpa qualquer. Passou a tarde remoendo aquele mal-estar que se instalara em seu interior como um parente distante prestando uma visita incômoda, mas não conseguiu determinar sua causa ou origem. Lá pelas tantas, deu de ombros e tentou se distrair com programas de televisão que repercutiam estupidamente as polêmicas do momento.

Quando o fim da tarde chegou, Tadeu, como um autômato, conduziu a família ao shopping center para a missa noturna semanal e quase não sentiu o gosto da hóstia e do vinho enquanto fingia prestar atenção às confissões dos filhos e à contrição da mulher. Ao lado deles, percorreu os corredores intermináveis com passos arrastados, completamente alheio aos apelos desesperados das vitrines. Não conseguia se livrar daquela sensação desagradável de que algo ruim estava à sua espera.

Quando o relógio marcou exatamente meia-noite, Tadeu abriu sua primeira cerveja. Um arrepio lhe correu a nuca quando a voz, deslocando o ar próximo do seu ouvido direito, explodiu em alto e bom som: "Senta e registra o que tenho para te dizer. Escreve e não olha para trás".

IV

Como sempre aos sábados, todos se sentaram à mesa para o café da manhã. Tadeu rapidamente percebeu que Maria evitava seu olhar, fingindo se distrair com tarefas caseiras que ela odiava fazer.

Jogou bola com os meninos, caiu na grama, tentou se encher de vida, mas a presença daquela intensa e agressiva força alienígena exigia sua atenção cada vez mais. À tarde, enquanto Maria cochilava e os pequenos se distraíam com o videogame, ele ativou a tela do computador.

O arquivo, aberto na página 29, indicava um total de 42. Ele correu o cursor para o início e começou a ler. Quando chegou à página 17, correu para o banheiro e vomitou como nunca antes havia vomitado em toda a sua vida. Enquanto se agarrava à borda do vaso sanitário, trêmulo, experimentou uma sensação absurda de irrealidade e horror.

Tadeu nunca ligara muito para religião, embora tivesse sido criado pela mãe como um bom católico não praticante, com direito a batismo, crisma e primeira comunhão. Sentia, assim, que essas coisas lhe haviam garantido um lugar minimamente decente na mesa final, ainda que por procuração ou outorga.

Agora já não estava mais muito certo disso. Não porque o texto no computador cheirasse a morte — ele *cheirava* a morte, mas não era esse o ponto. As palavras se encaixavam como um quebra-cabeça demoníaco, expondo segredos inconfessáveis e revelações blasfemas, sujas, pornográficas, que o ofendiam muito além de qualquer crença que se tivesse firmado no coração juvenil. Elas o ofendiam no fundo da própria humanidade. Carregavam consigo verdades imemoriais, traumas de raças esquecidas pelo tempo e de seres aprisionados em dimensões que ninguém — absolutamente *ninguém* — deveria jamais ter o direito de conhecer.

À medida que o dia avançava, o medo foi se acumulando no interior de Tadeu. Num rompante, deixou a família em frente à TV e correu para o computador para apagar o arquivo. Em seguida, retirou o aparelho da tomada e decidiu que não beberia aquela noite. Trocou o álcool por um calmante e agarrou um punhado de quadrinhos infantis do quarto dos filhos. Depois que todos foram dormir, atirou-se no sofá com os gibis e tentou distrair a mente. Ainda não era muito tarde quando os camundongos, patos, vacas e cachorros das revistinhas começaram a se fundir numa mesma personagem grotesca que o conduziu a um sono atormentado, repleto de pesadelos e visões monstruosas, narradas por uma voz que lembrava o som de milhares de aves batendo as asas em uníssono.

V

Acordou no fim da tarde do domingo com uma das piores ressacas de que se lembrava. Ninguém comentou nada, embora ele mesmo pudesse sentir seu corpo exalando um odor insistente e nauseabundo de álcool e cigarros.

Evitou a família e ficou trombando pelas paredes, tentando se concentrar — sem sucesso. Não ficou nem um pouco surpreso quando finalmente tomou coragem, acionou o computador e deu de cara com o texto completo, restaurado e imaculado, diante de si.

Apreensivo, mas também certo de que vivia algum tipo de experiência transcendental, Tadeu aguardou a chegada da noite seguinte com um misto de pavor e expectativa. Afinal, aquilo era uma espécie de milagre, não era?

Com esses pensamentos a martelar a cabeça de maneira insistente, Tadeu mal sentiu a presença imponente e ameaçadora se insinuando às suas costas, inspirando o ar para bafejar horrores inomináveis em seu ouvido, e tomou a única decisão possível: tomou coragem e se virou para trás.

VI

Nos dias que se seguiram, Tadeu viveu situações que o fizeram questionar a própria sanidade. Não era incomum ouvir os pássaros nas vozes dos alunos ou sentir o rosto queimando ao ser atingido pelos olhares dos colegas de café. O céu adquiriu uma tonalidade cinzenta durante o dia e a lua passou a refletir permanentemente um vermelho de sangue quando a noite caía.

Não conseguia se lembrar do que vira naquela noite de domingo, mas a experiência deixara nele uma impressão tão profunda, tão perturbadora, que Tadeu jurou a si mesmo nunca mais duvidar daquela voz.

O manuscrito agora chegava a quase cem páginas. Uma manhã, ele se forçou a ler o texto até o fim. Embora o conteúdo fosse extremamente perturbador, havia nele uma força indiscutível, uma musicalidade um tanto hipnótica. As imagens se acumulavam e pareciam formar um redemoinho que o sugava e transportava para um lugar onde as regras da realidade material eram subvertidas até um ponto de ruptura quase total.

Maria e as crianças agora evitavam sua companhia. Tadeu se ressentia disso e respondia de maneira cada vez mais agressiva, mas não sabia muito bem o que fazer a respeito disso. Seus encontros noturnos não eram matéria aberta à discussão — e o que quer que passasse as madrugadas ali com ele era algo que jamais poderia expor a outros. Para a proteção deles, pensava Tadeu. Ou assim se forçava a crer.

Com o passar dos dias, adquiriu uma forte tosse que provocou o colapso de veias nos dois olhos, emprestando ao seu rosto já bastante emaciado uma expressão vampiresca. Nas madrugadas, engolia litros de xarope para tentar conter os espasmos que violentavam todo o corpo em ataques que o acometiam com precisão suíça.

Perdeu a conta de quantas vezes precisou dar aulas com guardanapos inseridos nas narinas para conter os sangramentos cada vez mais seguidos, para a descrença dos adolescentes. Sua caligrafia evocava caracteres aberrantes de uma língua morta, deixando os alunos confusos e inquietos diante do quadro negro.

Por outro lado, o texto ganhava forma e vitalidade com o passar do tempo. Tadeu passou a reconhecer uma espécie de lógica interna naquela narrativa — havia até mesmo certa beleza naquilo tudo. No seu íntimo, ele sentia que as coisas se encaminhavam para o fim, mas tinha medo do que o fim traria consigo.

Embora a cabeça andasse assim sobrecarregada — ou talvez por isso mesmo —, Tadeu elaborou um plano.

VII

Dez dias e quase duzentas páginas depois, Tadeu se fingiu de doente e convenceu a mulher a partir sozinha com os filhos para a casa do sogro, no feriado. Não que precisasse fazer muito esforço para fingir. Perdera quase vinte quilos na última semana e seu olhar parecia indicar uma febre intensa que nunca baixava.

Quando anunciou aos filhos que não os acompanharia na viagem, não pôde deixar de notar que os dois pareceram aliviados — o que não fizeram questão de disfarçar, nem ao menos tentar. Ao ver o carro sair da garagem e virar a esquina, saiu imediatamente para fazer compras. Abasteceu o armário de bebida para os quatro dias, comprou uma pá e alguns instrumentos de jardinagem, fez estoque de cigarros.

Quando a madrugada chegou, perdeu a coragem. Sucumbiu à força da voz e obedeceu aos seus comandos como um cão de circo. Ficou com medo de olhar para trás mais uma vez e sentir novamente o fogo queimando seu rosto.

Como acabou despertando já quase de noite, também não conseguiu reunir coragem na sexta-feira. Teria que ser no sábado — o que novamente acabou não acontecendo. Entrou em pânico quando acordou na manhã de domingo com o celular vibrando ruidosamente na mesa de cabeceira. Maria ligara para dizer que decidira aproveitar o tempo perfeito na serra para prolongar a estadia. Eles voltariam para casa apenas na segunda à tarde.

O tom da voz de Maria era protocolar, e Tadeu sentiu ao longo do telefonema que algo havia se perdido para sempre.

Passou o resto do dia debruçado no texto, tentando encontrar conexões ocultas entre as palavras, tentando desvendar o mistério contido naquele testamento satânico.

Não estava certo de que conseguira entender o manuscrito, mas, quando a noite caiu e a lua surgiu rubra no céu moribundo, colocou seu plano à prova. Cavou um buraco razoavelmente profundo no quintal, o coração ameaçando explodir no peito a qualquer momento, e despejou nele as latas e garrafas ainda cheias, deixando a cova aberta.

Sentou-se no computador com uma garrafa de vodca cheia de água. Abriu o arquivo e esperou, com a nuca gritando de tensão e os músculos cada vez mais rijos. À medida que as horas passavam, foi ficando mais e mais preocupado. O silêncio parecia um manto impossivelmente pesado, estendido sobre a madrugada.

Tadeu conferiu o relógio. Eram 2h16. Um carro barulhento cruzou a rua, deixando atrás de si um ruído de motor velho que foi sumindo progressivamente na escuridão. Ele seguiu o som na distância com os olhos fechados, até que o automóvel pareceu dar meia-volta e rumar na direção contrária.

Não era, porém, o motor do carro. Eram uma andorinha e uma gaivota e um pardal e dez mil pardais trazendo com eles a eletricidade de uma tempestade perfeita.

Tadeu não esperou até que o som se materializasse, exalando o odor azedo de suor daquela — agora familiar, embora odienta — presença. Ele quebrou a garrafa na quina da mesa, derramando o conteúdo no piso de madeira, e virou-se para encarar, em desafio, a origem de seus tormentos.

Por um momento, Tadeu hesitou. À sua frente estava um pequeno homem de meia-idade, calvo, de feições caninas e pouco ou nada marcantes. Usava sapatos baixos que refletiam a luz da tela do computador e calças largas presas com um cinto. Olhava para baixo, como se estivesse procurando alguma coisa em seu tórax nu, emaciado, marcado pelas costelas pronunciadas.

O homenzinho não se moveu quando Tadeu avançou e cravou a garrafa partida em seu estômago. O sangue escuro, quase negro, escorreu pela boca da garrafa e se espalhou pela mão e pelo braço, deixando Tadeu com uma sensação de poder que jamais tivera na vida.

Aquilo pareceu arrancar a aparição de seu estupor. A criatura levantou o rosto e encarou Tadeu com alguma surpresa. Em seguida, ela abriu a boca e soltou um grito suplicante que preencheu o ar com uma explosão de fogo e fúria.

Tadeu espetou os cacos três, quatro vezes, e, quanto mais repetia os golpes, mais a aparição o fuzilava com aqueles olhos famintos. Não era um olhar de derrota, mas de compreensão e de pena. Aquilo deixou Tadeu ainda mais enfurecido e ele se dedicou a retalhar o corpo, tomado por um acesso de ira quase bíblico, ridículo, uma cena vagabunda de um *slasher* de quinta categoria dos anos 1980.

O brilho nos olhos da criatura nunca chegou a se apagar, mas a voz finalmente cedeu. Talvez fosse essa a sensação de um idoso ao desligar o aparelho auditivo num daqueles malditos encontros de família anuais, pensou Tadeu. Uma sensação de alívio. Junto da voz, o zumbido que se apossara de sua alma cessou por completo, como num passe de mágica; como uma potente chuva de verão que desaparece sem deixar qualquer vestígio no ar, subitamente, um dedo no interruptor, um estalo e *puf*!

Tadeu enterrou o corpo na cova do quintal, pedaços de carne misturados às latas e garrafas numa confusão de vidro e sangue. Era uma visão obscena, ainda mais perturbadora porque aqueles olhos insistiam em fitá-lo com o ardor das chamas infernais — olhos que não piscaram sequer quando a terra os atingiu e os cobriu de escuridão.

Tadeu passou o restante da madrugada limpando a sujeira da sala. Admirou-se ao perceber que as únicas manchas que se recusaram a desaparecer haviam sido aquelas deixadas no piso de madeira pela água do interior da garrafa de vodca. Fechou o arquivo, desligou o computador e foi se deitar.

VIII

Nas semanas que se seguiram, nem os céus se tornaram azuis nem a lua readquiriu seu brilho prateado. Aos poucos, porém, à medida que pelejava com o texto para conferir-lhe algum sentido e forma, Tadeu contraditoriamente foi se esquecendo de todo o horror.

O esforço durou alguns meses, até que o manuscrito se tornou uma esquisitice sem sentido para ele. Sem saber muito bem como chegara naquele monte de loucuras, resolveu apagar o arquivo e começar a escrever um novo texto — que viria a se tornar seu primeiro best-seller.

Muitos anos depois, numa preguiçosa noite de verão, Tadeu sentiu um arrepio subir à nuca.

Agora vivia sozinho, um autor de romances que um dia foram populares mas que, como ele, acabaram esquecidos por todos. Desde aquela fatídica — e também quase esquecida — segunda-feira, quando pôde pela primeira vez sentir na plenitude o distanciamento e o desprezo contidos no olhar de Maria e das crianças, descobriu que não tinha opção senão viver sozinho. Tentou reconquistar a família com sacrifícios pessoais que o levaram à beira do abismo. Enquanto pôde dançou ali, no alto do precipício, sabendo que martelava uma tecla que ele mesmo destruíra com seus maus hábitos e egoísmo crônico.

Caminhava à beira-mar com passos artríticos, ao longo de uma madrugada tediosa iluminada por uma gigantesca lua acobreada, quando a lembrança daquele texto diabólico o atingiu como um murro. Vislumbrando então a morte e o esquecimento, chegou rapidamente à conclusão de que era hora de retomar aquelas ideias da juventude.

Sentou-se diante da escrivaninha e começou a escrever com mãos trêmulas em um bloco de papel amarelecido. Tadeu tentava encaixar palavras umas nas outras, de memória, sem se dar conta de que aquele evangelho grotesco havia sido sussurrado ao seu ouvido por uma voz de veludo, suave como o ronco de um bebê e melancólica como o canto de um pássaro noturno.

Longe, muito longe dali, uma mão se ergueu na escuridão e dois olhos satânicos piscaram com o som de um bater de asas. Os pardais estavam voando novamente.

FERNANDO TOSTE nasceu no Rio de Janeiro em 1978. Como roteirista, seus trabalhos mais recentes são *A Divisão* (2019), série indicada ao Prêmio APCA, e *Yakuza Princess* (2020), adaptação para o cinema da graphic novel *Samurai Shirô*, de Danilo Beyruth. Suas maiores paixões são os filhos, a esposa, filmes obscuros de horror e os quadrinhos da EC Comics. Seu primeiro King foi *Christine*, furtado da casa de uma tia quando o meliante tinha apenas nove anos.

A pacata cidade de Tarker's Mill tem sua rotina abalada por uma série de assassinatos cometidos por um suposto homem lobo. Na trama original, um garoto paralítico descobre quem encarna A Hora do Lobisomem e conta apenas com a ajuda de alguns de amigos para destruí-lo. Bonitinho, não? Mas como destruir o monstro quando ele mora dentro de você?

ANTOLOGIA

RETORNO AO CICLO *do* LOBISOMEM

SK

por

ALEXANDRE CALLARI

— De novo cê tá lendo esse livro? — Ricardo pergunta com o ombro encostado no batente da porta do quarto.

Manu tem um sobressalto tão forte que o livro quase cai das suas mãos.

— Quer me matar do coração? — ele retorque, duplamente contrariado ao ver a expressão de escárnio no rosto do amigo. Ricardo adentra o cômodo, cobrindo a distância que o separa de Manu com poucas passadas e, sem cerimônia, apanha o livro de suas mãos.

— Ei!

Ele o examina como quem segura um objeto alienígena, girando-o diante da vista algumas vezes:

— É o quê? A terceira vez que lê este ano?

Manu se levanta da cama e toma seu bem de volta:

— E o que você tem com isso?

— Nada. Só acho estranho. Você já sabe a história. Já sabe como termina. Por que não lê outra coisa?

— Logo você vem me falar isso? Quantas vezes já assistiu a *O Senhor dos Anéis*?

— É diferente, Manu. Vendo um filme de novo você consegue pescar várias coisas que não tinha percebido da primeira vez. Vários detalhes que...

— Com um livro também — Manu o interrompe, irritado.

— Bem... talvez se você estivesse lendo literatura de verdade... não Stephen King.

— O que quer dizer?

— Você sabe que esses subgêneros são descartáveis, não sabe? Literatura pras massas...

Manu se enfurece por dentro. Ricardo mal terminou o primeiro ano da faculdade de Letras e, de repente, se tornou um perfeito idiota. Tomou contato pela primeira vez com nomes consagrados da literatura mundial, cujos romances só sabia da existência por causa do cinema, e, de súbito, decidiu renegar toda uma adolescência deleitando-se com a leitura de revistas em quadrinhos e livros voltados para a cultura pop.

— E devo supor que *O Senhor dos Anéis* não seja voltado para as massas? — Manu questiona.

— Tolkien era um acadêmico.

— Ah, tá... então isso resolve toda a questão.

O outro responde com um sorriso magro, que faz Manu ter vontade de socar sua cara. Em vez disso, engole a raiva e pergunta, voltando a sentar-se na cama:

— Veio aqui fazer o quê, além de me encher o saco? E, aliás, como foi que entrou?

— Sua mãe abriu a porta para mim. Ela comentou que vai sair com seu pai hoje à noite e perguntou se eu não quero ficar aqui e te fazer companhia. Tinha vindo te chamar pra comer alguma coisa, um hambúrguer ou sei lá, mas, de repente, a gente pode ficar aqui e pedir uma pizza.

Manu pensa um pouco. A raiva já tinha passado. Conhecia Ricardo há tempo demais, desde a infância. Jogavam bola na rua, brincavam de esconde-esconde, beijaram uma menina pela primeira vez na mesma festa e, sendo ambos filhos únicos, tornaram-se irmãos, unidos pela amizade.

— Tudo bem. De repente a gente assiste a *Bala de Prata*.

Ricardo ri.

— Por que não?

A floresta é claramente um cenário, o fog artificial oriundo de uma máquina de gelo seco, a trilha sonora perdeu o impacto e o suspense da cena foi dirimido pelo passar dos anos. Mesmo assim, Manu parece em estado de êxtase. Ricardo se diverte mais ao observá-lo com o canto do olho do que vendo os caçadores estereotipados procurarem o lobisomem nas matas, usando seus bonés tipicamente americanos mesmo de noite, conduzindo cachorros histéricos e carregando espingardas de festim.

— Você baixou esse filme? — ele pergunta, cortando a curtição do amigo, que responde sem olhar para ele:

— Não. Aluguei pra gente ver on-line.

— Se leu o livro uma dezena de vezes, fico imaginando quantas vezes já viu o filme.

— Shhhh!

Um homem é arremessado contra um tronco de árvore. Efeitos especiais interessantes, mas ultrapassados para os padrões atuais. Contudo, Ricardo reconhece que havia charme naquela forma de fazer cinema, um charme que desapareceu da atual produção em massa dos estúdios norte-americanos.

— Essa cena tem no livro? — pergunta, verdadeiramente interessado na resposta. Manu, sentindo a sinceridade no tom, apanha o controle remoto e pausa o longa, antes de responder:

— Tem. O filme é bem fiel ao livro. Tem algumas discrepâncias, mas, no geral, é fiel.

Cada qual segura um pote enorme de pipoca de micro-ondas.

— Não via esse filme desde que era moleque. Até que é bacana — Ricardo afirma.

— O livro também é bom. Deveria ler antes de criticar.

Ricardo ri:

— Não é pra mim.

— Por que não? Quando a gente era moleque você era aberto a essas coisas. Foi só entrar pra faculdade que ficou chato.

— Não é questão de ser chato. É só que amadureci. Hoje acho esse tipo de literatura... sei lá, acho besteira. Descartável.

— Por quê? Só porque King não é considerado alta literatura? Quem sabe daqui a cem anos ele seja. Alexandre Dumas publicava seus romances em jornais, na forma de capítulos. Jack London era um autor de pulps, antes de ter a obra reconhecida. Robert Bloch também. Esse preconceito não faz sentido...

Ricardo medita um pouco. As palavras de seus professores defendendo Hermann Hesse, Gabriel García Márquez e William Golding, entre outros ganhadores do Nobel de Literatura, alfinetam sua mente. Decide deixar a questão de lado e pergunta:

— Acha mesmo o livro tão bom?

— Olha... sei que não está entre as obras-primas dele. *O Iluminado* e *O Cemitério* são sem dúvida melhores, assim como *Carrie*, *A Hora do Vampiro* e *A Coisa*. Mas é um livro que me fascina, talvez pelo tema. O livro estruturado na forma de um calendário, e cada capítulo representa um mês do ano. Há alguns ótimos insights, por exemplo, o fato de o reverendo Lester Lowe não ter a menor ideia de como foi que virou lobisomem e acabar atribuindo a maldição a um ocorrido ridículo de seu cotidiano. O protagonista é um menino de dez anos numa cadeira de rodas. Olha só como King foi visionário, dando voz a um personagem com deficiência numa época em que não se falava sobre isso. E, quando é necessário mostrar terror pra valer, a história não decepciona. Quando você interrompeu minha leitura hoje, eu tava na parte do ataque na ponte e quase tive uma síncope. Na verdade, é uma noveleta, não um livro, mas acho maravilhosamente bem-escrita.

Durante todo o discurso, Ricardo só assente com a cabeça. Ao término dele, diz:

— Uau! Mas que defesa apaixonada! Acho que vou conversar com meu professor de literatura inglesa pra me deixar te levar um dia pra aula. Quem sabe consiga convencer um ou dois malucos de que Stephen King é uma literatura que realmente vale a pena.

— Em primeiro lugar, o King é americano, não inglês. Em segundo, sei muito bem o que dizem dele nas faculdades, mas não importa. Reconhecido ou não entre os acadêmicos, ele é um gênio! Hoje em dia, todo mundo baba ovo pra Edgar Poe e pro Lovecraft. É fácil esquecer que na sua época, ambos foram considerados descartáveis.

— Tá bom, tá bom. Dá o play.

◆

— E aí? Curtiu?

O queijo do pedaço de pizza de Manu se transformou numa estalactite, quase tocando a superfície do prato. Ricardo apanha uma azeitona, mas não a leva à boca; primeiro dá um gole no seu refrigerante e fica segurando-a entre os dedos, como se refletisse sobre uma questão de verdadeira importância, e não apenas um comentário sobre o filme a que acabou de assistir. Enfim, diz:

— Vou ser sincero... Ele com certeza está datado. A maquiagem e aquela trilha sonora cheia de sintetizadores não ajudam nem um pouco. O Gary Busey é bem canastrão, mas funciona por causa do carisma. O cara que faz o padre não convence, mas o Corey Haim, claro, salva o filme. Quer saber? No final das contas até que me diverti. Digo, rever o filme não destruiu a imagem de infância que tinha dele.

Manu parece satisfeito. Ele recolhe a estalactite de queijo com o dedo e o leva à boca:

— Vou te contar uma curiosidade. Quando o livro saiu pela primeira vez, foi chamado de *Ciclo do Lobisomem*. Isso foi em 1983, mas, com o sucesso do filme, dois anos depois, as novas edições começaram a sair também com o nome *Bala de Prata* na capa. Com os anos, o título original desapareceu por completo.

— Interessante... o filme mudou o nome do livro? Aconteceu coisa parecida com *Blade Runner*.

— Sim. E outros por aí.

Eles conversam sobre outros assuntos. Garotas e o serviço militar do qual ambos escaparam nesse mesmo ano. Também sobre como Manu foi reprovado na prova para tirar a carteira de motorista e uma meditação sobre o caráter das mídias sociais que, na mente da dupla, é extremamente profunda, mas que não passa de filosofia rala de botequim. Eles são dois típicos exemplos de sua geração; acham que são espertos demais e sintonizados demais com o mundo para admitir a hipótese de que alguém lhes diga o que devem fazer, sem se darem conta de que é precisamente isso o que ocorre o tempo todo. Com a barriga cheia, de volta à sala, Ricardo resolve cutucar o amigo:

— Agora é hora de entregar o jogo.

— O quê?

— Você acredita nessa papagaiada, não é? Fala a verdade!

— Que papagaiada?

— Lobisomens. Você acredita que eles existem.

Manu sintoniza uma rádio pelo celular. Parece relutante em responder. Enfim, comenta:

— Sabe de onde alguns especialistas acreditam que a lenda surgiu?

— Não vai mencionar licantropia, por favor.

— Não era isso que eu ia dizer. Ainda que licantropia seja uma síndrome legítima. Já li bastante sobre isso. É uma doença mental. Os casos registrados em geral estão ligados a algum tipo de psicose.

Ricardo dá de ombros:

— Ah, para, vai.

— Não, é sério. Hoje em dia o termo ficou popular e todo mundo acha que a pessoa que sofre da síndrome imagina que virou um lobo, mas, na verdade, pode ser qualquer animal. A transformação acontece só na mente do sujeito, claro, mas isso não faz diferença. Pra pessoa, é verdade, ainda que não seja a realidade. E, se ela acredita que é verdade, se acredita que virou mesmo um bicho, ela se torna um bicho... e um perigo. Pra si e pros outros.

— Bom, o que você tá dizendo é que tem gente maluca no mundo. Com isso eu concordo. Mas você ia falar de outra coisa... O quê?

— Porfiria.

— Nunca ouvi falar.

— Dá uma pesquisada. Tem gente que atribui a ela não só o surgimento da lenda dos lobisomens, como a dos vampiros também, já que, em casos graves, a doença chega a causar alterações físicas, como aumento de pelos no corpo, sensibilidade à luz do sol, convulsões, degeneração neurológica e psiquiátrica, e até mesmo uma modificação no aspecto do rosto, com um pronunciamento das arcadas dentárias e do maxilar. E, claro, ela é uma doença sanguínea.

Ricardo ergue a sobrancelha e suspira:

— Cara, cê tem andado ocupado. Então é sobre isso que tá estudando? Desse jeito não vai entrar na faculdade nunca.

Manu ignora o comentário:

— Sabe o que mais me fascina no livro? A forma abrupta como o reverendo se torna uma criatura. É como se ocorresse do dia pra noite com ele. Como se ele estivesse fadado àquilo e, quanto mais pensa a respeito, mais percebe que não encontrará uma razão. Sua sina apenas acontece. Ponto final. Ele busca explicações lógicas, que estão relacionadas às flores que colheu no cemitério e que apodreceram dentro da igreja, mas claro que isso é bastante ilógico.

— Tão ilógico quanto um homem virar lobo?

— Essa é a questão. O porquê não importa no livro. Só o fato importa, pois é com ele que temos de viver. É com ele que temos de lidar. Aconteceu com o reverendo Lowe... poderia acontecer com qualquer um. No começo, ele não sabe que é o lobo, não sabe que é o assassino. Começa a descobrir isso com o tempo. E aceita sua condição. Aí vem a parte bacana, porque o lobo não é maquiavélico... o homem é. E é Lowe quem trama pra eliminar sua vítima; não é a natureza da fera que age, é a do homem.

— É uma leitura interessante da obra. Pra mim, o reverendo já era um filho da puta desde o início. Virar uma criatura só acentuou o que ele já era.

— Ou talvez ele só tenha abraçado sua verdade, em vez de resistir a ela.

Ricardo franze a testa:

— E quanto aos contornos morais que supostamente temos? Nossa ética? Temos de ceder aos impulsos? Somos Louis ou somos Lestat?

— Nós somos o que somos. E todos estão sujeitos a se tornarem monstros.

A madrugada está densa e silenciosa, envolta em brumas e mistérios. A lua cheia surge no céu e é ocultada por nuvens que se parecem com fuligem plúmbea expelida pelas chaminés das fábricas. Nada se move na penumbra que engole as sombras, os volumes, os sons, a lógica e a esperança.

Ricardo dorme segurando a cabeça, cotovelo apoiado no braço do sofá, o peito inflando e murchando num ritmo constante, um leve suspiro escapando dos lábios que guarda a mínima semelhança com um ronronar suave.

Os olhos de Manu estão vidrados, o corpo rígido, os pelos do braço eriçados. Ele se tornou uma estátua de marfim, mergulhado nos confins da própria mente, convencido por uma ideia plantada à sua revelia, plantada por ele próprio, plantada pela verdade... sua verdade. O homem é o que ele pensa que é. Pode se tornar um verme. Pode se tornar uma raposa. Pode se tornar um tubarão... basta pensar naquilo.

Pode se tornar um lobo.

Seus olhos se desviam para as mãos. Contraídas, veias como cordilheiras cortando a pele, os dedos no formato de garras. Tremor sacude sua estrutura como que acometida por leves choques elétricos. Sente os músculos do braço se tornarem cordões de aço, pronunciando-se, destacando-se, ganhando corpo e volume. A dor pressiona seu ventre, a vesícula, a bexiga, e um pouco de urina prateada molha as calças. Os lábios se retraem, como se estivessem amarrados a uma linha invisível que os puxa para trás, exibindo os dentes amarelados e tortos. A parte de baixo do maxilar se pronuncia para a frente, como se quisesse se destacar do corpo, ganhando vida própria, ganhando ímpeto. As artérias do pescoço são cordas grossas que desaparecem dentro da camiseta e toda a pele visível está esbranquiçada, como se o sangue tivesse sido drenado, deixando algo de aparência ressequida, doente e emborrachada.

Ele vê com os olhos da mente seus caninos se prolongarem até se tornarem presas desproporcionais à boca, quase do tamanho dos dedos mindinhos. Vê as pupilas redondas assumirem um formato de diamante, como o de uma serpente peçonhenta, e o que é branco vira fulvo, e o que é preto vira carmesim. Vê os pelos da nuca, do peito, dos braços e das pernas crescerem até cobrirem toda a extensão de seu corpo, com meio palmo de comprimento, grossos e da cor de terracota. Vê as unhas se alongarem e engrossarem, rígidas como as de uma ave de rapina, afiadas como um bisturi, letais. Sabe que, se quiser falar, de sua garganta sairão apenas sons inarticulados; sabe que seus pensamentos logo se perderão naquele frenesi febril. Sabe que não há como voltar atrás... nem pretende fazê-lo.

Talvez a agitação externa ou então algum sentimento de autopreservação tenha despertado Ricardo; o fato é que, naquele momento, ele abre os olhos sonolentos. Imediatamente eles ganham vivacidade ao verem a cena que se desenrola diante deles. Manu parece sofrer uma convulsão na poltrona; o tronco arqueado para trás de forma não natural, as mãos agarradas aos encostos como as garras de uma coruja presas a um rato que acabou de caçar. Saliva escorre pelo canto da boca; os olhos virados para cima são dois globos brancos; grunhidos inumanos escapam dos lábios.

Ricardo dá um pulo do sofá para acudir o amigo.

— Manu, puta que o pariu! Que é isso!

Contato.

Pele com pele.

A libertação do toque.

O lobo vira a cabeça para encarar sua presa, farejando-a; quase sem dúvida farejando sua fraqueza.

Ricardo estremece quando as garras seguram seu braço. Sente o vigor, a força, a selvageria, a violência. Sente o ímpeto. Tenta arrancá-lo da pegada, mas não consegue.

O homem é o que ele pensa. Torna-se o que quer ser. A mente comanda a matéria.

O lobo salta, presas refletindo a luz oriunda da televisão. Música suave toca no rádio, música de fim de noite, abafando o som dos fogos de artifício que vêm da rua, celebrando algo irrelevante. Abafando os sons de Ricardo, ao que dentes insanos, dentes lunáticos, afundam na carne de seu pescoço.

ALEXANDRE CALLARI é autor da trilogia *Apocalipse Zumbi* e de *A Floresta das Árvores Retorcidas*, lançada pela Pipoca & Nanquim, editora que nasceu a partir do canal de YouTube de mesmo nome.

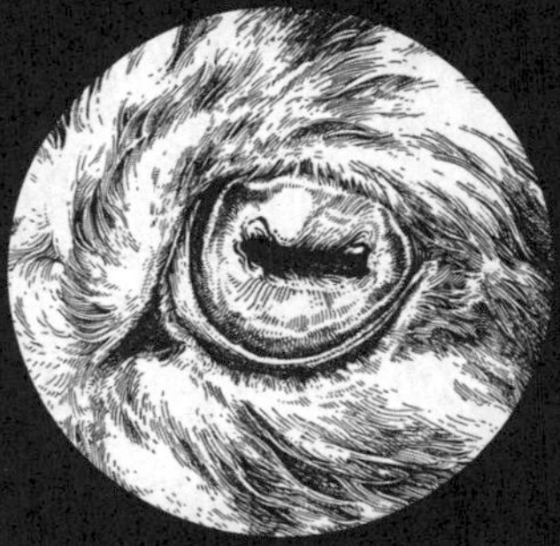

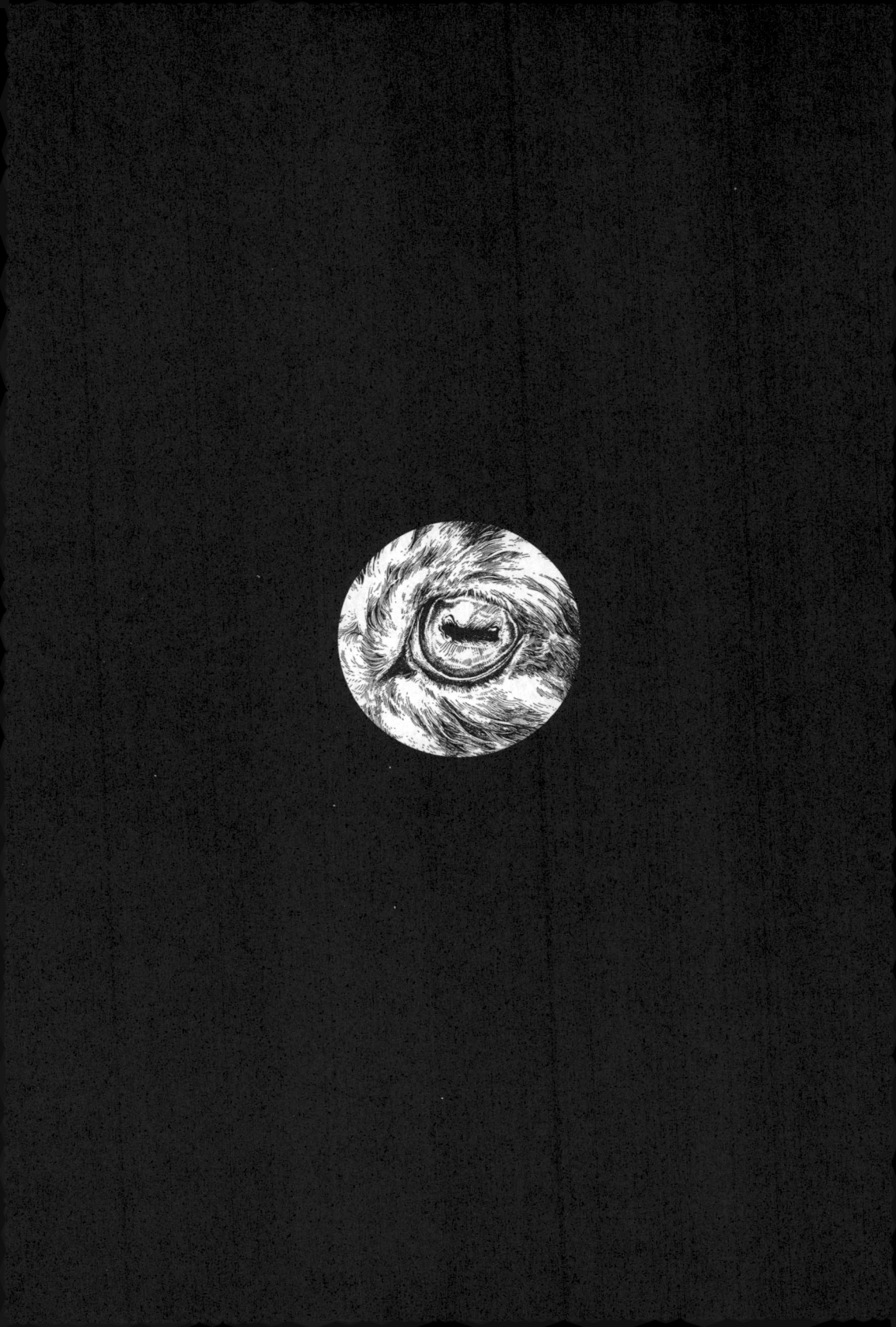

Demorou quatro anos e meio, mas John Smith finalmente acordou de seu coma. Junto da consciência, o que John trouxe de A Zona Morta foram poderes inexplicáveis — e uma grande chance de estar perdendo o juízo... Existe mesmo um limiar seguro entre os dons e a loucura? Entre a fé e a danação? No Brasil, o enfermeiro João, que experimenta uma pena parecida com a de John Smith, logo enfrentará essa questão.

ANTOLOGIA

O TERCEIRO TESTAMENTO

SK

por

ANTÔNIO TIBAU

*"Não pense que eu vim trazer paz sobre a Terra.
Eu não vim trazer paz, mas a espada."*
— Mateus 10:34 —

Alucinação é quando se vê uma coisa que não deveria estar ali. Um lobo faminto sorrindo pra você no seu quarto. Só pode ser uma ilusão! — ainda que você quase consiga sentir o focinho gélido do bicho tocar seus testículos. Você fecha os olhos com medo da mordida que sabe que nunca acontecerá. Não sabe?

Delírio é diferente. Você embarca, como num sonho. Quando nada precisa fazer sentido, tudo faz sentido. O lobo está em chamas. Você não ousa fechar os olhos. O perigo é real, claro que é! Entre matar ou morrer, a escolha é fácil. Suicidas sofrem de depressão, não de esquizofrenia paranoide. Um paranoide nunca desiste de lutar. Os que insistem que o lobo não está lá não são seus amigos, são amigos do lobo.

Não acredite neles, você não está louco. Está? A fera continua ali, cada vez maior, cada vez mais perto. Você saca o revólver da mesa de cabeceira. Ainda bem que deu ouvidos à sua intuição, o Taurus foi uma boa compra, necessária. Sem registro — o governo já sabe demais sobre sua vida. Talvez eles estejam por trás do lobo. Certamente estão. Mas depois você lida com eles. Agora precisa tomar uma decisão urgente: matar ou morrer? Matar. Matar. Matar. O lobo despenca sobre a cama. Na exata posição em que a polícia encontrará um corpo de mulher. Sua mulher. Calibre 38. Três disparos. Mandíbula. Coração. Estômago.

O dr. Felipe gostava de bater a real para os pacientes. Psiquiatra do SUS não pode se dar ao luxo de perder muito tempo com maluco. Não que ele os chamasse assim, ao menos não na frente dos outros doutores. Seu método era falar a língua do pobre coitado da vez, passar a receita e chamar o próximo da fila.

— Entendeu, seu João? — continuou o doutor. — É o tipo de coisa que acontece quando alguém na sua condição esquece de tomar o remédio. Vamos pisar no freio com esses delírios, ok?

João apertava os olhos. A leitura labial o ajudava a prestar atenção nas palavras do doutor, apesar das outras vozes falando ao mesmo tempo. Quem olhasse de fora só veria os dois, médico e paciente. João fez que sim, pegou as amostras grátis e a receita controlada para retirar mais caixinhas na farmácia popular. Antes de sair, tinha umas perguntas.

E se o que eu vejo for verdade? Quem me garante que o delírio não é dos outros? Dos que fecham os olhos e fingem que não tem nada ali pra se ver? Que o lobo não existe?

Achou melhor não perguntar nada. Agradeceu e estendeu a mão pro doutor. Mas ele nem percebeu: estava distraído escrevendo coisas na ficha de João. Mentiras, certamente. Depois João lidaria com isso.

Tremores, rigidez muscular, contrações involuntárias, ansiedade, lentidão, insônia, queda de pressão, taquicardia, arritmia, glaucoma, diminuição de glóbulos brancos e de plaquetas, boca seca, náusea, vômitos, diarreia, prisão de ventre, incontinência urinária, redução da libido, disfunção erétil. A lista de possíveis reações adversas dos antipsicóticos é enorme. Riscos muito altos levando-se em conta que os remédios não são capazes de curar a esquizofrenia. Então por que receitá-los? Para amenizar os sintomas e facilitar o convívio social do esquizofrênico paranoide. Em muitos casos, o paciente continua ouvindo vozes, tendo visões ou ideias delirantes, mas está dopado demais para atrapalhar os outros. Em bom português: tome logo o remedinho e não me perturbe.

Primeira lição em exorcismo: para enfrentar um demônio é preciso descobrir seu verdadeiro nome. Só assim se adquire poder sobre a entidade. O que pode ser muito mais difícil do que parece: demônios são cabreiros, farão o que for possível para ludibriar os incautos que ousem se aproximar.

Os demônios que atormentam João foram conhecidos por outros nomes antes de um certo doutor vienense insinuar que a culpa de quase tudo estava no tesão incubado pela própria mãe. Sigmund Freud chegou a publicar um artigo chamado "Uma neurose demoníaca do século XVII", em que dissecava o caso de Christoph Haizmann, pintor da Baviera que sofreu de convulsões durante oito anos, após um suposto pacto com o Teufel (nome do Sete-Peles em alemão). Freud explica: a figura do Diabo seria um substituto do pai tirano de Christoph.

Antes da psicanálise, porém, ouvir vozes não era sinal de loucura, mas de bênção ou danação. Moisés liderou seu povo seguindo os conselhos de um arbusto em chamas. Maria recebeu de um anjo a notícia de que estava grávida. Para provar sua devoção, por muito pouco Abraão não sacrifica seu filho, Isaque. Maomé, Joana d'Arc, Chico Xavier, Mark Chapman, Buda, Manson, as bruxas de Salem, Jim Jones, Osho, Nero, Mãe Menininha, Syd Barrett, Francisco de

Assis. Santos ou demônios, gênios ou insanos, psicóticos ou profetas, todos acreditavam em suas missões. Dependendo de nossa fé em D(d)eus ou na c(C)iência, talvez acreditemos também. Talvez não. Taxamos de louco quem enxerga a face de Cristo na mancha de infiltração da parede, mas não temos o hábito de duvidar do homem que se autoproclamava filho de Deus. Durante muito tempo, acabaríamos na fogueira — quem sabe num destino ainda pior — se duvidássemos.

Muito antes de João se tornar perigoso, as vozes já se manifestavam. Desde menino, conversava com outras crianças que não estavam lá. E mais de uma vez elas lhe disseram o que ia acontecer. Um dia, João falou com Sebastiana, que ainda vivia encolhidinha na barriga da mãe. Foi logo contado pros pais o que a maninha mandou avisar: não ficaria muito tempo com eles. João levou uma coça pra deixar de falar besteira. Coincidência ou não, Sebastiana parou de chorar menos de quarenta e oito horas após o parto. Morreu asfixiada em silêncio ao se virar no bercinho. A mãe amargaria pelo resto da vida por não ter aproveitado as poucas horas anunciadas por João para buscar um padre que batizasse a recém-nascida.

A presença do garoto se transformou num fardo. O luto jamais passaria enquanto ele continuasse em casa, jurando ouvir vozes que ninguém mais escutava. A mãe sentia uma pontinha de dúvida que a envergonhava só por existir, mas que não se dissipava por mais que ela repetisse a si mesma que não se pode pensar essas coisas do próprio filho. Teria o menino alguma responsabilidade pela tragédia súbita da irmã caçula? João não ousaria pôr as mãos na neném. Nunca! Mas ele falou com tanta convicção. Como poderia saber? Talvez suas palavras não fossem profecias, mas sim maldições.

Quando a idade permitiu, João foi aceito num seminário onde ganharia boa educação, aprenderia os caminhos do Senhor e deixaria livre os de sua mãe. E foi numa noite no internato, após receber a visita de padre Teodoro, que João viu seu arbusto em chamas pela primeira vez. A voz do fogo lhe ordenou: "Tens uma missão, cabe a ti decifrar o Terceiro Testamento".

―――

Em muitas tradições, o jejum é mais do que uma purificação do corpo. Através dele, seria possível entrar em sintonia com o divino. Claro que essa conexão transcendental poderia muito bem receber o diagnóstico de delírio místico, provocado pela desnutrição e desidratação; escolha você o nome do demônio.

Durante seu jejum por quarenta dias no deserto, Cristo fora tentado três vezes pelo Diabo. Não era o filho de Deus? Que transformasse as pedras em pão e aliviasse sua fome. Que saltasse do precipício para que os anjos o salvassem. Que governasse todos os reinos do mundo em troca de sua adoração ao anjo caído.

João também passou por períodos de provação após sair do seminário. A igreja conseguiu abafar as condições no mínimo estranhas em que o corpo do padre Teodoro foi encontrado, e ainda que não houvesse provas concretas do envolvimento do interno, acharam melhor afastá-lo. Com as portas de casa fechadas — a família havia mudado sem avisá-lo —, João vagou por seu deserto pessoal, mais urbanizado do que o da Judeia, porém igualmente árido. Dormindo nas ruas, sem poder transformar pedras em carboidrato, não lhe era incomum sentir uma presença angelical nos momentos mais agudos da fome. E a presença lhe dizia coisas que nenhuma outra pessoa conseguiria escutar. João fora escolhido. Logo ele.

―――

Do porto de Biblos, cidade milenar na costa do Líbano que hoje leva o nome árabe de Jbeil, saíam carregamentos de papiros vindos do Egito para todo o império grego. O nome do porto daria origem à palavra grega que significa livro ou, inicialmente, rolo de pergaminho. No plural, *bíblia*. Da mesma raiz etimológica, surgiria biblioteca: a caixa onde eram guardados os pergaminhos.

Como o nome sugere, a Bíblia não é um livro só, mas uma coleção deles, redigidos por homens diferentes através dos séculos. A ausência de um editor original fez com que o número de livros mudasse de acordo com a época, a tradução e a designação cristã. A Bíblia católica romana, por exemplo, conta com setenta e três tomos, do Gênesis ao Apocalipse. Quarenta e seis do Antigo Testamento (sendo trinta e nove oriundos do *Tanak*, ou Bíblia Hebraica, a mesma que Jesus seguia), e mais vinte e sete do Novo Testamento. Acredita-se, entretanto, que muitos livros sagrados se perderam — destruídos pela ação do tempo ou censurados pela Santa Igreja. Dessa maneira, não conheceríamos a totalidade da palavra divina.

A vontade do Senhor não se questiona, ao menos não por aqueles que nunca questionariam a própria existência d'Ele. E foi vontade do Senhor que João redigisse os livros que faltavam, para que a humanidade por fim encontrasse a salvação a que fora predestinada.

Da mesma forma que os antigos profetas e apóstolos da Antiguidade, João não deveria ser visto como um autor bíblico, mas sim como um escriba. Sua função era escutar a palavra de Deus e transferi-la fidedignamente ao papel, sem incluir ou ocultar nenhum detalhe, em língua que os homens pudessem entender. Os livros do Terceiro Testamento já se encontravam prontos desde o Princípio, à espera não de um novo Messias, mas de seu mais leal servo. João, seu nome.

Ser escolhido entre todos os mortais para se tornar o escriba do Terceiro Testamento era sem dúvida uma bênção, se não optarmos em chamar esse demônio de delírio de grandeza. Mas, como costuma ocorrer com bênçãos, essa poderia ser facilmente confundida com uma provação. Pois, ao contrário do Antigo e do Novo Testamentos, o Terceiro seria escrito por um só homem, e a quantidade de livros prevista mostrava-se infinitamente maior do que os setenta e tantos reconhecidos hoje pelo papa. Foi esta a epifania de João: se somos feitos à imagem e semelhança do Criador, carregamos dentro de nós a Sua mensagem. Cada homem, mulher e criança, portanto, é em si um livro sagrado. E João precisava decifrar todos eles.

———

Nas ruas, João sobreviveu basicamente da caridade de estranhos. Sentia vergonha de pedir esmolas e nunca lhe passara pela cabeça roubar. À primeira vista, não era o tipo de moleque que fazia com que os outros atravessassem a rua ou sequer apertassem o passo. Sua aparência frágil trazia pena e não medo. Entretanto, João desenvolvera um hábito imperdoável para alguém da sua casta: ele encostava nas pessoas. Não era algo sexual, nem a princípio violento. Um simples aperto de mão, um toque delicado no ombro. Ainda assim, a experiência era invasiva demais. Durante o toque, João sempre encarava o outro, como se procurasse por uma verdade escondida no fundo da retina, enquanto balbuciava palavras a esmo. A coisa toda não durava mais do que dois, três segundos. Uma eternidade de contato humano a qual não estamos acostumados e que gerava as mais diversas reações: do palavrão ao soco na cara, da fuga desesperada aos gritos de "polícia". João sofria ameaças frequentes, e certa vez escapou da morte ao acordar encharcado de querosene enquanto o vento frio da noite apagava os fósforos que um homem de bem insistia em riscar.

João acabou levado a uma instituição para menores. Em pouco tempo, ganharia fama de doido entre os outros garotos, o que não deixava de ser uma forma de respeito. Os poucos que encrencavam com ele, geralmente novatos com pretensões de macho alfa, terminavam sofrendo acidentes. Por mais forte e vigilante que você seja, sempre terá que dormir uma hora. A administração não se importava, até o acidente acontecer com um dos seus. O assistente social ganhou uma merecida aposentadoria por invalidez, e é um milagre que ainda consiga sentir qualquer coisa da cintura para baixo.

Transferido para um hospital psiquiátrico, João recebeu enfim seu primeiro diagnóstico oficial. Seu demônio tinha um nome diferente dos que aprendera no seminário: esquizofrenia paranoide. Muito prazer.

Doutor Felipe do SUS não conhecia em detalhes o histórico do seu paciente. Se os delírios de João se manifestassem como lobos em chamas, não haveria uma esposa para tomar os tiros destinados à fera selvagem. João nunca se casou. Deixou o hospital pouco após completar a maioridade e levou uma vida aparentemente controlada, para não chamá-la de normal. Fora exorcizado à base de terapia, medicamentos e até algumas sessões de choque, que a legislação da época ainda permitia. Fosse duas gerações mais velho, dificilmente escaparia da lobotomia. Terminou o segundo grau no supletivo em dois anos, arrumou emprego e um cantinho humilde para morar. Sempre sozinho, não se conhecem amigos ou amores em sua trajetória. Ninguém para partilhar sua rotina. Só ele, seus remédios, sua Bíblia, algumas imagens de santos e seus cadernos.

Indesejada pela maioria, a solidão é um problema sério para aqueles que sofrem de distúrbios mentais. A falta de contato com outras pessoas tende a afastá-los ainda mais da realidade, e é muito comum que surtos psicóticos sejam antecedidos por longos períodos, voluntários ou não, de isolamento.

Para os profetas, entretanto, a solidão é uma vantagem. Ninguém para duvidar de suas visões ou questionar sua missão. Nunca se está só de verdade quando se pode escutar a Deus. Era conveniente a João não ter alguém sob o mesmo teto, dando palpites inúteis, controlando sua ingestão de medicamentos ou lhe chamando de louco. Mas ele não podia se dar ao luxo dos eremitas, isolar-se numa montanha, manter o voto de silêncio, alimentar-se de raízes e meditar a maior parte do tempo. Tinha uma missão: decifrar as escrituras sagradas que o Senhor escrevera dentro de cada um de nós. João precisava estar entre as pessoas.

A ideia surgiu ainda no hospital psiquiátrico. João sabia o quanto os outros se incomodavam com o contato físico, a invasão da fronteira imaginária que delimitava o território individual. Ele havia de encontrar um subterfúgio, uma desculpa para que o toque não parecesse arbitrário. Vagões lotados, procissões, festividades públicas, jogos de futebol — certos momentos e locais facilitam o esbarrão, mas não justificam olhares inquisidores. Qualquer descuido poderia ser um convite ao linchamento. Não, João precisava de um emprego, uma ocupação que permitisse a intimidade passageira sem gerar desconfianças. Estudou enfermagem e em pouco tempo começou a trabalhar no setor de emergência de um hospital público.

Tornar-se enfermeiro foi a escolha perfeita. Em primeiro lugar, ele tinha acesso a prováveis moribundos — era urgente registrar suas escrituras antes que partissem. Também podia se conectar livremente com os familiares e acompanhantes dos pacientes. A mão estendida e o olhar demorado seriam inoportunos fosse ele um garçom, camelô ou guardador de carros. Na área da saúde, seus gestos designavam um profissional mais humano.

Como um servo de Deus não descansa, nos dias de folga no emprego, João montava uma mesinha perto da estação de metrô e se oferecia para medir gratuitamente a pressão dos transeuntes.

Se você pretende matar alguém sem levantar suspeitas, talvez deva considerar um emprego num hospital público. Em muitos casos, bastaria trocar a dosagem do medicamento, cortar o oxigênio por alguns segundos ou simplesmente se esquecer de lavar as mãos depois de ir ao banheiro, e então atender o paciente debilitado mais próximo. Com um pouco de criatividade — e acesso ao armário onde as drogas são guardadas — não seria difícil eliminar também as pessoas saudáveis que estão no local, como médicos, enfermeiros ou acompanhantes.

Desde que João começou a trabalhar no setor de emergência, é possível que o número de fatalidades tenha sido maior do que o inevitável. Difícil saber. Em alguns casos, houve reclamações sobre a qualidade da saúde pública no país, registros de queixa por erro médico, denúncias de familiares na imprensa, aberturas de sindicâncias. João nunca foi sequer alvo de suspeitas, era só um enfermeiro.

"E Jesus respondeu: (...) 'A boa semente são os que pertencem ao Reino. O joio são os que pertencem ao Maligno. O inimigo que o semeou é o diabo. A colheita é o fim dos tempos. Os ceifadores são os anjos. E assim como se recolhe o joio para queimá-lo ao fogo, assim acontecerá no fim dos tempos: o Filho do Homem enviará seus anjos e eles retirarão do seu Reino toda a causa de pecado e todos os que praticam o mal; e depois os lançarão ao fogo eterno. Ali haverá choro e ranger de dentes."

Mateus não era enfermeiro. Consta que trabalhava como coletor de impostos. Rico, letrado e influente, preferiu abrir mão de tudo para se tornar um dos doze apóstolos de Cristo. Foi um escriba bíblico, como João. É de Mateus o primeiro dos quatro evangelhos gnósticos do Novo Testamento. No décimo terceiro capítulo de seu livro, ele relata a parábola do joio e do trigo em dois momentos (versículos 24 a 30, e 36 a 43). É preciso retirar as ervas daninhas, aquelas que trazem o pecado e o mal.

João tocava as pessoas e por elas era tocado. Quantas vezes não se emocionou ao perceber nos outros o trigo que o Senhor havia fomentado? O amor, a nobreza de espírito, os sentimentos mais puros que ainda germinavam em grande parte da humanidade. Somos, afinal, imagem e semelhança.

Mas enquanto os homens dormiam, explicou o santo evangelista, o inimigo aproveitou-se para plantar a discórdia. João sabia reconhecer a obra do Diabo. Gula, avareza, luxúria, ira, inveja, preguiça, soberba. O ódio. O medo. A morte. Não havia lugar para o joio nas páginas infindáveis do Terceiro Mandamento. Não havia lugar para ladrões, prostitutas, corruptos, sodomitas, pagãos, usurários, aquele jovem político que trazia a promessa de guerra dentro de si...

Alguns anos atrás, um médico plantonista entediado tentou puxar assunto com João. Comentou um trecho do romance que tinha em mãos, em que um personagem perguntava: "Se pudesse entrar numa máquina do tempo e voltar a 1932, você mataria Hitler?". João não

respondeu, mas sabia muito bem a resposta. Era preciso ceifar a semente do mal, só assim os justos brilharão. Quem tem ouvidos, ouça.
 João estava ouvindo.

João guardava todos os registros do Terceiro Testamento em cadernos pautados, desses de escola, que ocupavam praticamente todos os cantos de sua casa, numa favela horizontal de periferia. Mal sobrava espaço para ele se deitar. Com tanto papel amontoado, pode-se dizer que João teve muita sorte com a ação rápida dos vizinhos assim que o incêndio começou. Quando os bombeiros chegaram, o fogo já estava praticamente controlado. Mas o saldo do milagre não foi tão positivo assim. Pelo menos um terço das anotações se perdeu, talvez um pouco mais. Contudo, o pior foi ver sua obra, ou melhor, a obra d'Ele ser descoberta por olhos impuros. E eles só conseguiam enxergar loucura onde havia apenas amor.
 Foram os cadernos, não as mortes insolúveis no hospital, que levaram João ao consultório do doutor Felipe. O escriba voltou a se medicar, conseguiu uma licença para cuidar da saúde. Compulsória. Deu tempo ao tempo que não tinha. O Terceiro Testamento que esperasse, ele precisava se acalmar.

O anjo surgiu naquela manhã. João mal conseguia se mexer, os remédios o deixavam assim ultimamente.
 — Quem te deu ordens para abandonar tua missão?
 João quis retrucar. Não ousaria jamais fazer com que os céus esperassem. Havia apenas de recompor suas forças. Até mesmo o Filho teve seus momentos de dúvida. Voltaria a escrever em breve, assim que o efeito do tarja preta passasse. Nada mais o impediria em sua jornada.
 — E desde quando tua missão é escrever?
 — Eu... eu não entendo.

O anjo recolheu alguns cadernos jogados no chão. Virou suas páginas com desprezo. Riu.

— Queres decifrar um livro? Por que não começas com aquele que te pertence?

Tomou os braços de João e fez com que as mãos dele tocassem o próprio rosto, já em aberta expressão de horror. E João viu. Cada homem, cada mulher e criança que ele ceifara antes do tempo. Viu seus dedos de menino perfurando os olhos de um detento. O assistente social rolar escada abaixo. A coluna do padre Teodoro se quebrar ao meio, permitindo ao sacerdote abocanhar o próprio pênis. O desespero de um paciente sedado ao ter seus pontos reabertos logo após uma cirurgia, para que o enfermeiro sem luvas tivesse pleno acesso aos seus órgãos vitais. Viu o exato segundo em que Sebastiana parou de se contorcer no berço, ainda pagã. Em todos aqueles momentos, e em tantos outros mais, João viu a si mesmo sorrir, extasiado.

— Responde agora: o que encontras em ti?

João compreendeu: fosse lá o que ele cultivasse dentro do peito, não era o trigo. Precisava tomar uma atitude. Morrer não era uma opção. Um paranoide nunca desiste de lutar.

O anjo lhe estendeu a mão.

— Sabes o meu verdadeiro nome?

João sabia. Aquele era um anjo com certeza, mas nem todos ainda serviam ao Senhor.

— Sei — respondeu. E aceitou retomar sua missão. Aquele tempo todo estivera escrevendo não o Terceiro, mas sim o Primeiro Testamento de uma nova Bíblia. Naquela mesma noite, voltaria às ruas. Tinha muito trabalho pela frente.

ANTÔNIO TIBAU é escritor e roteirista. Depois de ler *Noite na Taverna* no pré-vestibular, nunca mais foi o mesmo. Traduziu *O Colecionador*, *Donnie Darko* e *Uma Nova Esperança* (Trilogia Star Wars), entre outros títulos da DarkSide® Books. Colabora com a Caveirinha desde a primeira Noite das Bruxas. Teve contos publicados em *O Globo* e no portal do jornal *O Dia*. É coautor de uma série de terror sobrenatural da O2 Filmes, com estreia prevista para 2021.

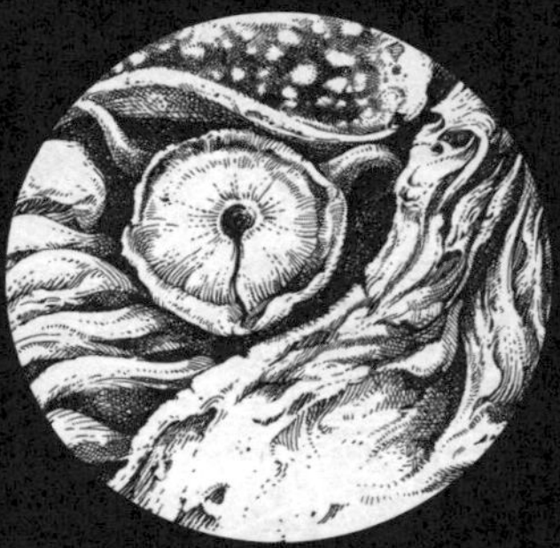

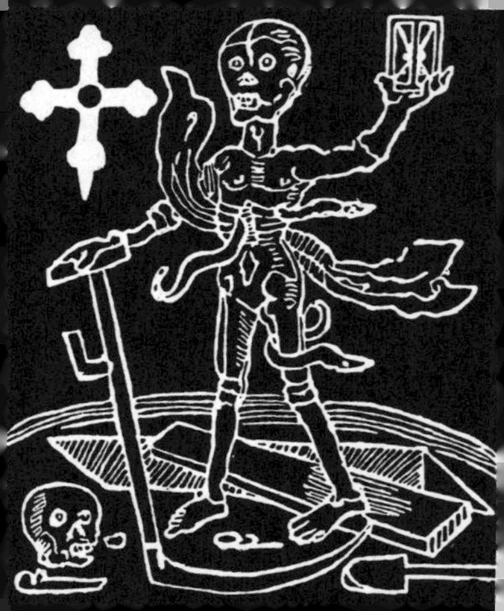

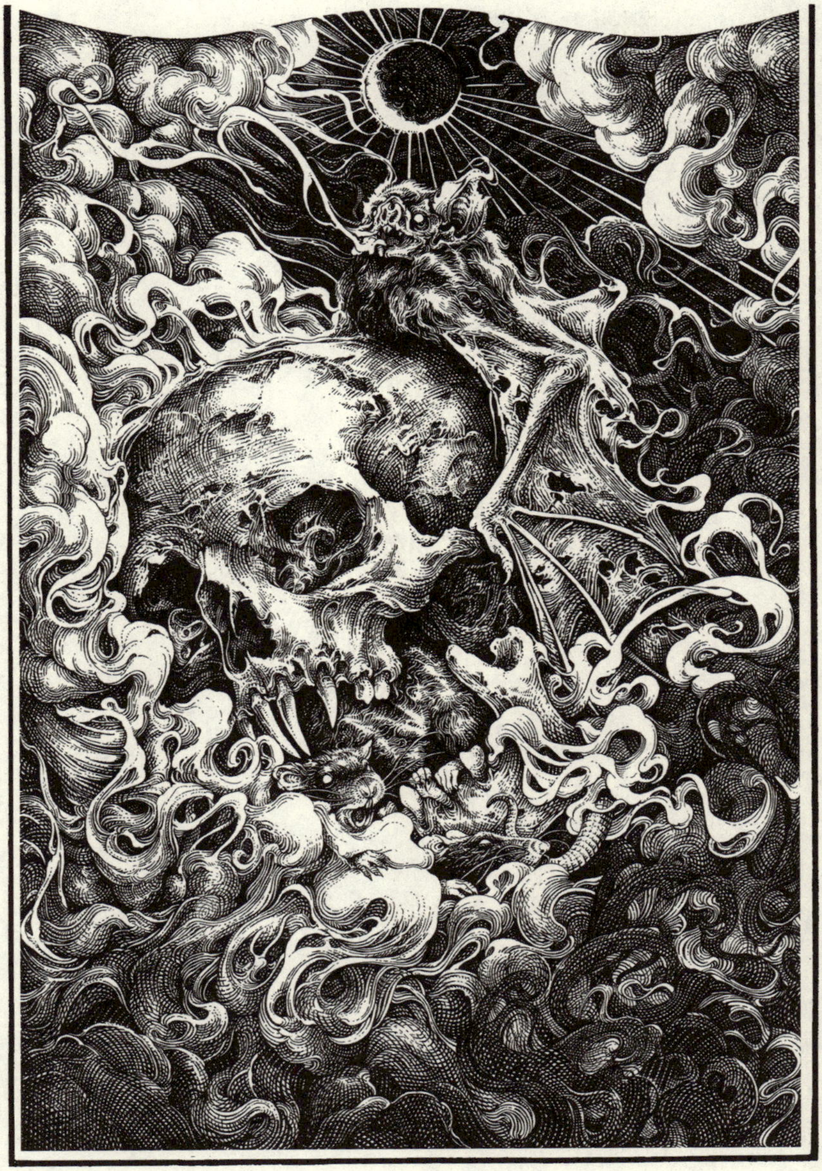

Andy McGee e sua esposa Vicky foram usados numa experiência secreta quando eram adolescentes. Eles acabaram tendo uma filhinha, A Incendiária Charlene McGee. A menina herdou os genes modificados dos pais e nasceu com o dom da pirocinese, que significa que ela pode atear fogo em tudo que quiser (parece bom, não?). Por onde andaria Charlie atualmente? Esfriando a cabeça?

ANTOLOGIA

EXOTERMIA

SK

por

ANDRÉ PEREIRA

Ela abriu os olhos lentamente e encarou o ventilador chamuscado no teto. Onde estou?

O som de um carro do lado de fora havia se incorporado ao sonho: ela tinha sete anos e se esforçava para acompanhar o pai pelo acostamento da estrada. Um caminhão passou por eles em alta velocidade. A garotinha de calça vermelha e blusa verde resistia ao cansaço da madrugada. O sonho era vívido.

Agora, tinha quarenta e cinco e já não era mais a mesma. O olhar de cansaço, o cabelo louro desbotado. Levou as mãos ao rosto, a cabeça latejando. Sentiu o odor de fumaça e percebeu as manchas de fuligem nas paredes.

Se levantou como pôde e tirou uma pilha de jornais de debaixo da cama. Forrou o chão cuidadosamente. Colocou uma luva de borracha e passou uma esponja seca sobre a mancha. Aos poucos, a fuligem começou a se soltar e irritar seus olhos.

(você foi malcriada de novo)

Ela preparou água morna com desengordurante e molhou a esponja.

(ele mereceu)

(você botou fogo nele)

O odor de queimado lhe deu ânsia de vômito, um embrulho misturado com vergonha. A voz do pai martelava em sua cabeça.

("menina má! menina má! você nunca pode fazer isso, Charlie! nunca! nunca! nunca!")

Ela se agachou para pegar a esponja quando percebeu um relógio masculino arremessado no chão. A pulseira prateada estava derretida, mas o ponteiro das horas resistia. Passava das onze da manhã.

Entrou no chuveiro e ligou a torneira fria. Fechou os olhos e abraçou o próprio corpo embaixo da água gelada. Seus braços tremiam de frio. Ela queria sair, mas não se permitia. Seu ritual particular de penitência.

Trancou a casa e fixou um pedaço de papel discretamente na moldura da porta. Um truque que o pai lhe ensinou e ela fez questão de nunca esquecer: se alguém entrasse, ela encontraria o papel jogado no chão.

Andou até o carro que deixava estacionado no fundo do terreno. O sol a pino castigava sua pele clara. Suor escorria pelo rosto.

A cidade mais próxima ficava a dezesseis quilômetros. Na maior parte do caminho, uma estrada de terra serpenteava pela montanha. O ar-condicionado do carro estava quebrado. Ela colocou a cabeça para fora da janela e acelerou para sentir o alívio do vento contra o rosto.

Passava do meio-dia quando estacionou ao lado da praça. A alguns metros, uma mulher berrava com dois policiais na frente da delegacia.

— Vocês precisam encontrar ele! — soluçava, sem conter o choro histérico. — Sei que ele já fez muita besteira, mas é um homem bom. Acredita em mim. Pelo amor de Deus! Descobre o que aconteceu com o meu marido!

— Achei que você não vinha hoje. — A menina de oito anos se apoiou na porta do carro e abriu um sorriso.

— Queria ver como você estava. — Ela olhou para o braço engessado da criança e reparou em alguns nomes rabiscados.

— Tô me acostumando. — A menina deu de ombros. — Você quer assinar?

A criança tirou a caneta do bolso e ergueu o braço. Ela saiu do carro e desenhou um coração no gesso ao lado de uma assinatura quase infantil: Charlie.

Depois, se agachou ao lado da menina.

— Vai ficar tudo bem. — Ela a abraçou com força. A voz fraquejou por um instante, mas tentou manter a força que se espera dos adultos. — Ele nunca mais vai te machucar.

A menina franziu a testa e se afastou em direção à mãe, que continuava gritando na porta da delegacia.

Charlie observou a cena de longe e tirou do bolso o relógio carcomido pelo fogo. De repente, teve a sensação de estar sendo observada. Entrou no carro, respirando mais depressa.

(você não devia ter se metido nisso)

Charlie manobrou pelo centro da cidade quando percebeu dois carros verdes mantendo uma distância constante. O coração acelerou. A adrenalina se espalhou pelo corpo. O interior do carro estava pelando. O calor era tanto que um suor quente escorria pelo rosto.

(você chamou muita atenção)

Ela conferiu o retrovisor. Os carros continuavam lá. Charlie acelerou na saída da cidade. Ela sentia algo crescendo no ar. Os pelos dos braços se eriçaram. *Está vindo*, ela pensou.

O carro sacolejou na via mal asfaltada. Charlie fez a curva com dificuldade e continuou acelerando. Ao fundo, os dois carros verdes persistiam na sua cola. Não podia mais controlar. Uma massa de ar quente passou por ela... e um dos carros foi arremessado no ar como uma enorme bola de fogo.

A carcaça retorcida bloqueou a estrada impedindo a passagem do segundo carro. Charlie se virou na direção deles e esboçou um pequeno sorriso no canto dos lábios.

("eu nunca mais vou fazer isso. nunca mais.")

Uma promessa quebrada havia muito tempo.

("você vai fazer o que precisar fazer. vai fazer o melhor que puder. e isso é tudo que pode fazer.")

O motorista rastejava no meio da estrada tentando apagar o fogo que queimava o seu peito. O braço deslocado. O olhar de pânico, choramingando de medo. Enquanto isso, os outros dois passageiros eram carbonizados à medida que as labaredas devoravam o interior do veículo. O odor de carne queimada.

Um homem de terno escuro saiu de dentro do segundo carro e a observou partir por entre a fumaça densa que se espalhava pela estrada. Era um homem pequeno, de pele pálida. Parecia um executivo, mas essa não era sua profissão. Algumas pessoas tentavam socorrer o motorista do carro em chamas. O cheiro de gasolina penetrou o ar úmido. Os outros agentes da Oficina já o tinham alertado sobre a garota incendiária.

— Qual é a distância até o centro da cidade? — perguntou o homem com frieza, reaproximando-se do carro.

Um dos agentes mais jovens conferiu o mapa no GPS do veículo.

— Um pouco menos de quatro quilômetros.

— Ela não deve morar muito longe daqui. — O homem puxou o celular. — Vamos montar um perímetro de segurança. Alguém vai reconhecer ela. Começa com aquela criança do braço quebrado.

Uma hora depois, alguns agentes que voltaram à cidade haviam localizado a mãe da criança, que contou sobre uma casa mais afastada, na encosta do morro. Ela também disse que uma mulher pálida, de longos cabelos louros e olhar exausto, sem vida, morava lá.

Os agentes tiveram dificuldade para controlar o incêndio, mas começaram a desbloquear a estrada imediatamente. Só chegaram ao endereço apontado ao entardecer.

O carro dela já não estava mais estacionado no fundo do terreno. O pedaço de papel caído ao lado da porta era o único sinal de que alguém havia passado por ali.

— O que a gente faz agora? — O agente mais jovem parecia desnorteado. Eles tinham acabado de vasculhar a área.

— Demorou vinte e oito meses para ela reaparecer da última vez. Um acaso. Uma anomalia estatística sobre pessoas que morreram queimadas numa mesma região — o homem respondeu com voz sombria. Entrou na casa com um misto de fascínio e apreensão. Fechou a porta atrás de si e inspecionou o interior: não havia nenhum móvel. Apenas uma cama no centro do cômodo. O resto do ambiente era inteiramente vazio.

Ele tinha lido sobre isso em um dos relatórios. Sobre a mulher que havia construído uma vida sem nenhum objeto pessoal, nenhuma memória, nenhuma conexão. *Por que guardar alguma coisa quando tudo pode queimar a qualquer momento?*

O homem sentou na cama e pinçou o fio de cabelo claro no travesseiro. Respirou fundo, frustrado. Ainda sentia um resquício de fumaça da noite anterior. Cruzou os braços e encarou a escuridão do quarto.

Sentia que estava sempre a alguns passos de Charlene Norma McGee: a única ponta solta na experiência do Lote Seis.

Havia lido tudo sobre ela. Sabia as informações quase de cor. O estudo de fenômenos psíquicos controláveis que havia testado um grupo de doze universitários em 1969: dois morreram durante a aplicação do ácido lisérgico; dois tiveram surtos psicóticos com consequências irremediáveis; cinco suicídios; e um que apresentou a capacidade de dominação mental por alguns anos, mas, aos poucos, deixou de demonstrar qualquer indício de poder psíquico.

E com isso restavam dois, que se conheceram durante a experiência e tiveram uma filha. *Qual era a chance de isso acontecer?*

Os corpos do casal já estavam em estado avançado de decomposição, em nome da Oficina[1]. Agora restava Charlie. O fator Z.

---

[1] Nota do editor: Na obra de Stephen King, A Oficina (The Shop) é uma agência fictícia e altamente secreta do governo norte-americano, com intenções e motivações aparentemente nobres, mas que se provam bastante nefastas quando vista de perto. Ela aparece no romance *Firestarter*, nas minisséries *Golden years* e *The langoliers*, no filme *The lawnmower Man* e *Os Tommyknockers*. Além disso, há a sugestão que a agência pode ser pelo menos parcialmente responsável pelos eventos da novela *O Nevoeiro*. Em *The Stand*, a A Oficina tem a tarefa de interromper o surto de supergripe, o que se prova impossível. A agência está interessada na pesquisa científica do que poderia ser considerado um fenômeno paranormal, como alienígenas, imortalidade e poderes paranormais ou psíquicos.

De repente, o agente escutou um leve gotejamento. Ele empunhou a arma e se aproximou do banheiro.

— Charlie?

Nenhuma resposta.

Abriu a porta com cautela... mas não havia ninguém ali. A torneira continuava aberta fazendo a banheira transbordar. Ele colocou a ponta dos dedos e sentiu a água congelante.

— Sabe qual é o problema de todos vocês? — Charlie saiu de debaixo da cama e surgiu como um vulto na escuridão do quarto. Sentia o calor crescendo dentro do corpo. — Vocês nunca sobrevivem para contar o que aconteceu.

Ela cerrou os punhos e produziu uma faísca.

O homem arregalou os olhos. O suor escorreu pelo rosto com a onda de calor. As lâmpadas da casa explodiram simultaneamente. O fogo lambeu seu braço e tomou seu rosto.

O cheiro de cabelo queimado a fez se lembrar do ursinho de pelúcia. O boneco chamuscado e a espuma soltando fumaça. A primeira memória de atear fogo e queimar quase tudo. O fogo se espalhando com a perda do controle.

O brilho vermelho ao redor do agente iluminou todo o quarto. As chamas giravam ao redor dele em uma coreografia macabra. Em desespero, o homem correu até o banheiro e se atirou na água gelada. Um alívio momentâneo.

Até que a temperatura começou a subir.

Charlie se virou para a banheira e sentiu o suor escorrer pelas costas com o calor que havia irradiado. A água fervia descontroladamente, a pele do agente borbulhava.

(chega!)

A mente continuava inquieta.

(CHEGA! CHEGA!)

A água começou a evaporar. Os gritos agonizantes do homem eram abafados pelo uivo do fogo se alastrando.

Charlie atravessou o gramado em chamas até chegar ao seu carro, que estava escondido numa bifurcação mais adiante. Um filete de sangue escorreu pelo nariz.

No caminho, passou pelos corpos carbonizados dos outros agentes federais. Inalou a fumaça quente e tossiu.

("bote fogo em tudo, Charlie. *bote fogo em tudo.*")

As últimas palavras do pai ainda ecoavam pelas suas memórias.

As sirenes dos bombeiros se aproximavam. Charlie sabia que a notícia que se espalharia no dia seguinte seria sobre a onda de incêndios florestais na região. O calor e o vento dificultaram o trabalho de milhares de bombeiros que enfrentaram um grande foco fora de controle.

Ela suspirou, resignada, e deu as costas para mais uma casa que ardia em chamas. Aprendeu desde cedo que não valia a pena olhar para trás.

Nascido no Rio de Janeiro, ANDRÉ PEREIRA escreveu e produziu o longa *Mato sem Cachorro*, que atingiu mais de 1 milhão de espectadores e recebeu três indicações ao Grande Prêmio do Cinema Brasileiro, incluindo Melhor Roteiro Original e Melhor Comédia. Movido por sua paixão pelo terror, escreveu e produziu *O Rastro*, que quebrou o recorde de bilheteria de terror nacional da Retomada.

Era uma vez um romancista de sucesso que viu sua vida subitamente transformada em um Saco de Ossos com a morte da esposa. Depois de quatro anos, nada de best-sellers e, de quebra, o pobre coitado passou a ser atormentado por terríveis pesadelos com a antiga casa, que parecia chamá-lo para si. Às vezes, voltar ao ninho parece ser a única forma de reaprender a voar, mas algumas casas não são como ninhos, sabia? Elas são monstros.

ANTOLOGIA

GRAND FINALE

SK

por

SORAYA ABUCHAIM

Quando Scott estacionou a picape, não acreditou em sua sorte. Seu novo lar se parecia com as mansões que ele conhecia das revistas de decoração, só que era ainda mais espetacular. Além de ostentar uma beleza rústica, a casa tinha uma infinidade de quartos, um belo deque e até mesmo um lago no quintal, onde ele poderia se refrescar nos dias mais quentes e ainda aproveitar o pôr do sol bucólico. Era inacreditável. Ele escolhera viver de sua arte; atuando como mágico, fora, por anos, capaz de fazer o público sonhar acordado, mas tudo havia mudado depois da morte de Valery, sua esposa. Foram dois anos de depressão, mas o show business nunca sai da vida de quem se envereda pelas suas entranhas, e, tão logo passou o luto, Scott idealizou seu projeto mais audacioso.

A Casa do Lago, como era conhecido seu novo lar, custou uma pechincha. Segundo o corretor, ela estava à venda havia tanto tempo que os donos foram baixando a proposta.

Para ele, era perfeito. Scott já vislumbrava dias de verão à beira do lago, tomando cerveja após as apresentações lucrativas de seus novos truques. Como todas as melhores ideias, sua estratégia era simples, mas poderosa.

Scott gostava de chocar, de brincar com os medos das pessoas. Assustar alguém era um prazer. Não era sádico, mas especializara-se em mágicas de horror e já era reconhecido por esses feitos. Uma imersão no mundo da mágica, com requintes de terror, em um território pouco explorado do bom e velho Maine? Seria um sucesso. Mas, para isso, ainda faltava o primeiro passo: conseguir seu público.

A temperatura beirava os quarenta graus e podia-se ouvir os grasnados dos mergulhões-do-norte sobrevoando o lago, como se também quisessem se refrescar naquele dia atipicamente quente. Scott tinha organizado as coisas, feito a maior parte da mudança e estudado os ambientes da casa, pensando em como os aproveitaria melhor. Instalara-se na ala sul, o que deixara toda a ala norte disponível para seu projeto.

Agora estava faminto, e tinha ouvido falar de um lugar onde serviam o melhor hambúrguer da região, o Village Café.

Entrou na picape e dirigiu para lá, observando o ecossistema do seu novo lar. A população era bastante peculiar, quase caricata. Os idosos que conversavam nos bares, as comadres em suas casas; na praça principal, meia dúzia de crianças brincando sob o olhar atento das mães. Mesmo com os olhares hostis de alguns ao forasteiro, era um lugar aconchegante, trazia a ele uma sensação de pertencimento.

O Village Café era tão mal decorado e decadente que Scott pensou em dar meia-volta assim que botou os olhos na construção. Mas aquele hambúrguer tinha sido tão bem recomendado... Ele acabou atravessando a porta antiquada.

Após o tilintar do sino preso a ela, todos os cinco frequentadores do local, cada um sentado em uma mesa, olharam para ele, mas poucos sustentaram o olhar por mais do que cinco segundos. Estavam entretidos com suas próprias vidas; bocas carregadas, mãos gorduchas segurando sanduíches.

O Village Café tinha o cheiro e a densidade da gordura. Duas garçonetes vestidas com o melhor dos anos 1980 circulavam com saias curtas e cabelos em coque. Scott sentia-se transportado de volta à infância. Compondo fisicamente o salão, um longo balcão permeado por banquetas altas e cerca de dez mesas com quatro cadeiras amarelas cada uma. Nas paredes oleosas, quadros de filmes antigos e conhecidas frases de caminhoneiros. Scott escolheu uma mesa aos fundos, fez o pedido e aguardou a garçonete — Sara, dizia a plaqueta em seu uniforme — trazer-lhe o famoso hambúrguer e um milk-shake de chocolate.

O lanche era gorduroso, mas também enorme e delicioso. O estômago do mágico pareceu reclamar, mas ele o ignorou. Já estava na terceira grande bocada quando notou, na mesa à sua frente, um senhor muito velho que fingia ler o jornal, mas o encarava por cima das folhas. Incomodava um pouco, mas Scott continuou a comer. Quando os olhos dos dois encontraram-se pela quarta vez, ele se levantou e foi até o velho.

— Se o senhor continuar me encarando dessa maneira, vou derrubar o meu lanche. Algum problema que eu possa resolver? — Irritou-se.

— Você é o novo morador da Casa do Lago, não é? — o senhor disse com uma voz firme. Scott percebeu que ele tinha um dente canino de ouro na boca.

— Sim, por quê? — Scott respondeu, um pouco mais alto.

— Escuta... — o velho ciciou —, por que não se senta um pouco? Scott não estava confortável com aquela situação, mas algo na voz rouca e sussurrada do homem o fez sentar-se e olhar ao redor. O velho segredou em seguida:

— Há muitas histórias naquela casa, senhor...

— Kannenberg, Scott Kannenberg.

— Senhor Kannenberg, deve ter percebido que sou velho. Isso quer dizer que já presenciei muitas coisas ruins nesses anos todos, mas nunca soube de nada tão horrível quanto o que aconteceu naquela casa. Aquele lugar é uma merda.

— Entendo. Bem, ficarei de olho. — A vontade era deixar o velho falando sozinho, mas não parecia inteligente ser rude com o primeiro humano que lhe dirigia a palavra nos arredores de seu novo lar.

— Tome cuidado. — O velho o agarrou pelo pulso com os dedos nodosos. Em seguida soltou uma risadinha presunçosa: — Acidentes acontecem com frequência naquela casa tão perto do lago... O povo fala de fantasmas e...

Scott tomou o braço de volta e o velho se levantou. Quando o mágico olhou para trás, o homem já saía pela porta.

Depois de terminar o lanche, Scott voltou para a casa. A propriedade era afastada, o lago realmente poderia ser um problema, mas daí a pensarem que era assombrada parecia uma brincadeira de mau gosto. *E, mesmo que fosse, seria apenas um complemento para o que farei aqui*, e riu do próprio pensamento.

No meio da tarde, Scott se deu uma folga do planejamento do show. Sentado no deque, tomando uma Budweiser, ainda pensava em como atrair os primeiros clientes. Foi quando sentiu uma brisa gelada atingi-lo. Teria gostado do frescor, mas, antes que pudesse apreciar o momento, notou que nenhuma árvore se mexeu.

Você não está só.

Estranhou o pensamento, e de súbito sua boca foi inundada por um gosto ferroso. O estômago se enovelou, mas o vômito não veio. A sensação era outra, como um afogamento. Scott olhou para o lago.

Pule.

Outro pensamento estranho. Era uma ordem, e ele a teria obedecido não fosse a voz que veio de dentro da casa, um grito apavorado e aterrador. Uma criança.

Scott correu para dentro, menos assustado do que preocupado. Parou na primeira sala. Passou os olhos pelos móveis antigos que comprara com a casa, o coração batia descompassado. Os olhos encontraram o velho alce empalhado que vez ou outra fazia sons com seu sino.

— Relaxa, Scott. Você ficou impressionado com a história do velho.

Depois do susto, o resto da tarde passou preguiçoso. Um mergulho no lago, um cochilo, o planejamento dos truques e das mudanças que precisaria fazer na nova casa antes de iniciar seu projeto.

Scott se espreguiçou na cama com o sol cobrindo o rosto.

Estava na casa fazia duas semanas e, desde o primeiro incidente, não havia tido mais nenhum transtorno, confirmando sua convicção de que o velho o assustara um pouco (e jamais admitindo isso novamente). Era um ilusionista, um homem imaginativo, obviamente sua ilusão apurada lhe pregara uma peça.

A ala norte estava pronta para receber os convidados, o site que criara para a propaganda do novo show já estava no ar havia cinco dias. A maioria dos compradores vieram dele, o restante, das redes sociais. Bendita tecnologia, vinte e cinco inscrições. Gente suficiente para quatro temporadas! E dinheiro o bastante para três meses seguros.

O Dia do Horror, como o denominara, seria uma tarde (que se estenderia até o anoitecer) na qual os convidados passariam por uma experiência sensorial que os deixaria arrepiados. Primeiro, seriam convidados a entrar em uma sala de "mediunidade". Ocupariam uma mesa equipada com um tabuleiro Ouija. Supostamente falariam com espíritos. Depois, uma nova sala, onde o mágico faria apresentações mais tradicionais usando baralho, cartola e a famosa caixa de cortar pessoas — sua assistente, Demi, que chegaria na manhã do evento, estaria a seu lado. O truque de serrar assistentes costumava ser muito apreciado, e com algum incremento teatral seria o selo de aprovação perfeito para sua estreia.

Scott foi tomar seu café da manhã, mas, assim que se aproximou da cozinha, ouviu um barulho que o fez sobressaltar-se: duas badaladas. Eram os sinos do alce. Seus pelos se eriçaram, mas ele procurou ignorar, resumindo a primeira refeição do dia a uma xícara de café com leite. Já ouvira os sinos antes, mas agora eles pareciam... certeiros. Sacudiu a cabeça. Receberia seis convidados naquele mesmo dia e distrair-se não estava na agenda. Sua mente estava acostumada a pregar peças, era inaceitável acreditar em algo que não fosse palpável, plausível.

O velho é um saco de ossos.

Scott espantou-se com o pensamento uma vez mais. Sua cabeça, às vezes, tinha ideias próprias. O que raios aquilo significava? Nada que valesse a pena.

Mais calmo, Scott voltou a se concentrar em seu grande retorno ao showbiz e ignorou a voz que tentava alertá-lo do enorme preço a ser pago por sua ambição.

Exatamente às 14h, os seis convidados — duas mulheres e quatro homens, todos vindo de longe para aquela experiência inédita no país, — chegaram e, após o café de boas-vindas, foram conduzidos por Demi até o lobby da ala norte, onde receberam informações sobre sua tarde de entretenimento.

Apesar do sol a pino, a casa continuava gelada e escura. Além da climatização, Scott cobrira janelas e basculantes, e pagara uma decoração profissional que havia custado uma pequena fortuna, mas estava tudo perfeito.

No lobby, hora do show começar.

A voz de Scott ressoou pelo ambiente de forma macabra, acompanhada pelo tremeluzir das velas acesas.

— Bem-vindos à Casa dos Horrores. Vocês serão transportados a ambientes insólitos, travarão contato com os mais estranhos fenômenos que aqui se encontram, ouvirão os mortos. Devo preveni-los que não será uma experiência totalmente agradável, e, para os casos de desconforto extremo, a palavra de segurança a ser usada é *socorro*.

As palavras tiveram o efeito desejado. Um casal apertou as mãos; um homem musculoso estava com os olhos arregalados.

Dirigiram-se à sala do Ouija, batizada de Sala de Comunicação com os Mortos.

O ambiente conseguia ser ainda mais escuro que a sala de recepção. Desafiando a invisibilidade, apenas uma mesa redonda e sete cadeiras ao seu redor. Scott entrou primeiro e pediu aos convidados que se sentassem. Uma toalha preta cobria a mesa, e, num gesto rápido, ele a puxou e revelou o tabuleiro de madeira fina. Sobre ele, um pequeno pedaço de madeira em forma de gota. Scott orientou que cada um colocasse um dedo na paleta e começou, com eles, a *comunicar-se* com os espíritos.

Descobriram que havia uma criança na casa, que contou uma historinha macabra. Tudo criação do mágico, que, menos pelo truque e mais pelo suspense, apavorava os visitantes. Tudo correndo conforme o planejado, mas a mesa não deveria ter começado a se mexer.

Scott sobressaltou-se. A mesa de mogno, pesada, começou a subir e descer repetidamente, os convidados gritaram; até mesmo Demi, que havia ensaiado o truque e não se lembrava daquela novidade, ficou apavorada. Embasbacado, Scott tentava manter a calma, passando alguma segurança. *Que merda é essa?*, era o que pensava, a despeito dos movimentos calculados.

Após longos minutos, a mesa voltou ao repouso, e, sob os aplausos entusiasmados dos participantes, Scott continuou conduzindo a excursão.

Não sabiam quão perigosa havia sido aquela incursão no mundo espiritual, como poderiam saber?

Pelas outras salas, todos os truques correram conforme o protocolo. Scott sorria e respirava, aliviado, e agora seguia até a última sala. Chegava o grande momento, a mágica final, em que Demi seria a grande protagonista. Com charme, ele a conduziu até a grande caixa. A cabeça em um extremo, os pés no outro. Teatralmente, o mágico começou a serrar a madeira sem muita dificuldade. À metade da caixa, Demi deu um leve ganido, Scott titubeou. A plateia não piscava. Que merda estava acontecendo? Os gemidos não foram combinados, foram? Diante dos olhos brilhantes daquelas seis almas à sua frente, ele fechou os seus. Fosse lá o que estivesse acontecendo, nada o impediria de brilhar em seu melhor truque.

O mágico empregou toda a sua força e serrou, serrou e ouviu o grito lancinante de Demi. Assustado, ele mesmo suprimiu um grito, mas, inebriado com o público que o aplaudia de pé, ignorou seus temores e continuou serrando. Terminada a serragem, a caixa foi para a posição vertical. Scott abriu a porta de baixo, para mostrar as pernas falsas e...

Para sua consternação, havia muito sangue.

A assistente desmaiada.

Desmaiada?

Com um falso sorriso de satisfação, como se aquilo fizesse parte do truque, o mágico deu a excursão por encerrada, exatamente como previsto. Estavam todos delirantes. Scott previa o sucesso, sentia o cheiro de dinheiro.

Quando o último cliente se foi, ele correu de volta até à sala dos truques. Demi estava morta; as pernas separadas do tronco. Entregue ao choque, Scott chorou e gritou, embalando o corpo da assistente, com um grande corte ao meio. Ele a serrara tanto assim? Fora ele? O medo correu por suas veias. O que saíra errado? Demi conhecia aquele truque havia anos!

Ao seu pensamento, ouviu duas badaladas de sino. O maldito alce! Como podia ouvir aquele sino estando tão longe da sala? Talvez não estivesse *mesmo* sozinho. O que foi confirmado quando um único grito infantil cortou a noite. O mágico sacudiu a cabeça para apaziguar o coração aos pulos. Precisava cuidar do corpo de Demi. Dar alguma dignidade a ela.

Como explicaria aquilo? O medo cedendo ao desespero.

— Preciso pensar um pouco nisso. Eu já volto — disse ao cadáver.

Quando entrou na cozinha, inclinado a pegar uma cerveja ou algo mais forte que aplacasse sua mente, notou que, entre os ímãs de letrinhas (certamente herdados de alguma criança que vivera na casa), havia uma frase:

ENTERRA ELA

Um novo arrepio. Era a coisa certa a fazer? Livrar-se de Demi? Por outro lado, o que mais poderia a fazer? Colocar tudo a perder? Jamais.

O sucesso da apresentação de estreia se espalhou pelas redes sociais como um vírus. Em pouco tempo, Scott Kannenberg era um mito, e todos queriam pagar para viver suas experiências sobrenaturais. O corpo de Demi fora enterrado próximo ao lago. Ela não tinha família, demoraria até que fossem procurá-la. E, quando acontecesse, Scott já tinha sua história para contar à polícia.

Com o sucesso, cinco aumentos no valor do ingresso. Em menos de seis meses, Scott estava rico. A Casa do Lago parecia *falar* com ele, as "aparições" na Sala de Comunicação com os Mortos ficaram cada vez mais fortes. No entanto, Scott dissimulava, fingia que nada acontecia. Se pensasse muito, sairia correndo. E ele não era o tipo de homem que abandona suas coisas. Restava aprimorar as técnicas, jogar com os eventos bizarros. Algo que ele não faria por muito mais tempo.

Numa tarde livre, o mágico decidiu revisitar o Village Café. Estava sentindo falta daquele hambúrguer engordurado, e mais ainda do local que parecia lhe dar alguma invisibilidade. Agora, a cidade toda conhecia o mais novo fenômeno nacional da mágica. Muitos moradores, no entanto, não gostavam nada da atenção que a localidade pacata andava recebendo da mídia. O passado é sempre frágil quando começa a ser escavado, e havia algo errado, uma aura escura que parecia cercar os moradores dali.

O velho apareceu pela porta da lanchonete, os sinos tocaram anunciando sua presença. Scott lia um livro e, apesar de ter ouvido os sinos, não o notou até que ele estivesse à sua frente. Desde sua chegada, o mágico não havia mais visto aquele ancião, e seria justo dizer que gostaria que continuasse assim.

Estancado à frente de Scott, o velho o encarava.

— O que é? — Scott inquiriu. Um déjà-vu, só podia ser...

— Tudo bem, Scott? Como está a casa? — perguntou, com um sorriso no canto da boca.

O mágico respirou fundo. Aquele velho ainda conseguia lhe tirar do sério.

— Melhor do que nunca.

— Tem certeza? Nada aconteceu de diferente? — O grande sorriso do homem revelava seu prazer em importunar o mágico.

— Não. — A voz de Scott titubeou. Quem ele queria enganar? Depois de tanto tempo, precisava dividir a verdade (ou parte dela) com alguém ou perderia o juízo.

— Deixa eu te contar uma pequena história. Tem tempo? Tem, eu sei que tem. — O velho se sentou à frente do mágico sem pedir licença. — Essa casa foi construída há uns duzentos anos, e desde sempre tem sido palco de tragédias. Toda família que viveu naquele lugar perdeu entes queridos de forma sinistra. Mas a última, oh, Senhor, deixou um rastro de sangue que quase pode ser visto no assoalho de madeira.

Scott sentiu os pelos se arrepiarem.

— Era uma família de músicos, sabe? A mãe era linda, bem gostosa — sussurrou, como todo velho gosta de fazer quando diz uma besteira... — Um dia, os quatro filhos e o marido foram ensaiar no coreto, ela ficou sozinha. Quatro moleques foram lá fazer uma visitinha a ela. — O velho silenciou por alguns segundos; o olhar distante. — Eles fizeram uma festinha com a moça, a coisa ficou grande, foi sem querer, mas eles mataram a coitada. Dois filhos saíram antes do coreto e chegaram bem na hora. Eles viram tudo, claro que os moleques não tiveram escolha. Deram cabo de um deles, o outro tentou fugir nadando, mas o lago cuidou ele. Quando o pai retornou com os outros filhos e viu aquilo tudo, ficou louco. Perdeu o juízo mesmo, e acabou atirando nos outros filhos. Depois, atirou na própria cabeça...

"... a polícia encontrou uma chacina, mas nunca descobriu quem cometeu os crimes. Só que... os espíritos não esqueceram. Eles jamais esquecem. A casa nunca mais foi habitada, até você. Três dos agressores morreram de acidentes estranhos. Mas um ainda continua vivo e..."

Ele parou a frase no meio, como se decidisse que não valia a pena. Ou como se quisesse imprimir mistério à fala.

Ainda que ouvisse aquela história bizarra com estranheza, Scott não deixou de notar que o velho a contava com naturalidade, sem afetação, sem drama ou emoção. Era quase banal — Scott pensou, inclusive, ter vislumbrado um sorriso entre a descrição das mortes até a incompetência da polícia.

— Mas o que eu tenho a ver com isso? — Scott estava confuso. Era uma história intrigante e podia explicar algumas coisas, mas ele recusava-se a aceitar que aqueles espíritos, filhos dos mortos, coabitavam com ele e, ainda mais, ofereciam perigo. Sacudiu a cabeça e voltou a si. — Obrigado pela história, mas preciso ir.

O hambúrguer ficou intocado, mas ele deixou uma nota de cinquenta, mais que suficiente para cobrir as despesas.

A volta para casa foi rápida como um relâmpago. Quando Scott aproximou-se da entrada, após parar o carro na garagem, sentiu um conhecido ar gelado envolvê-lo. As pernas bambearam, o coração acelerou, o gosto de ferro veio à boca. Em vez de cuspir os litros de água que pareciam preencher os pulmões, Scott só conseguiu expelir catarro.

A casa parecia dançar diante dos seus olhos. Depois da porta, tudo girava, como se tudo estivesse preso a um redemoinho.

Mas havia sombras dançando ao seu redor. Lamentos. Os gritos e risadas das crianças eram tão altos que ameaçavam explodir seus tímpanos. Scott divisava formas pequenas e grandes, o vento gélido congelando cada milímetro de sua pele.

Então, sentiu a água encharcar seu sapato, o chão estava sendo inundado. O mágico tentou recuar e abrir a porta, mas a mesma água se mostrou um obstáculo; abri-la tornou-se impossível. Pés, joelhos, cintura, a distância para o teto diminuía rapidamente. Ele tentava gritar, mas a voz não saía, era apenas um ganido rouco, um animal ferido. Olhou para as mãos. Elas sangravam.

A voz do velho invadia sua mente, e Scott não pôde deixar de pensar que aquela casa não o deixaria viver. Era uma sensação tão latente que o assustava. Sentiu lágrimas escorrerem pelos olhos.

Mata ele, mata ele, mata ele, mata ele, mata ele...
Vozes...

Enfim o grito venceu. Alto, agudo, desesperado. O tornado que se iniciara de forma mortal levantando tudo, a água turva chegando a seu peito. E ele gritou mais. Gritou como nunca. A casa ganhara vida, pulsava, ele podia sentir o sangue correndo pelas veias incrustadas nas paredes de madeira. Sentia-se preso em sua demência, insano, louco. A casa o desafiava, e ele não era páreo para ela. O velho tentara avisá-lo. Ele não o ouvira. *Imbecil, imbecil, imbecil.*

Na sua frente, os ímãs anteriormente presos à geladeira agora flutuavam dançantes, embaralhando-se, trocando as posições até formarem uma frase, como se as letras tivessem saltado das páginas de um livro.

VOCÊ NOS PERTENCE

As vozes infantis falando umas sobre as outras: *mata ele, mata ele, mata ele. Mata o último!* HAHAHAHAHAHAHAHA.

Vem brincar com a gente, estamos aqui. Cirandinha, pega-pega. HAHAHAHAHA.

Mata ele! Mata ele e vem com a gente!

— Ele? Ele quem? De quem vocês estão fal...

Scott foi cortado pelo grito de uma nova voz:

— O VELHO. O ÚLTIMO. AQUELE SACO DE OSSOS!

Agora, sua mente conseguia unir as peças. *Puta merda! O velho é o último dos quatro agressores! Claro, três morreram... Aquele filho de uma puta...*

Scott estava invariavelmente rendido naquela casa do lago. Pertencia a ela no momento em que assinara o contrato. Não queria mais pertencer à casa. Não podia mais, e não havia escapatória. Onde tudo antes era sanidade, agora beirava a alucinação.

A casa vai te tragar, a casa vai te tragar...

Com a água no pescoço, ele mergulhou na sala entre os móveis, segurando a respiração na água que aumentava até o teto. Do lado de fora, uma tempestade de granizo atingiu a casa em cheio, o céu púrpura abraçando-o para a morte. Scott estava desvairado. Fechou os olhos, disposto a desistir. Ao voltar a abri-los, não havia mais casa. Estava dentro do lago.

O que era real? O que era sonho ou loucura?

Scott manteve a cabeça submersa, a água enchendo os pulmões, domando a respiração. Já não teria que lidar com espíritos e morte. O tronco de Demi boiava em meio à chuva, ela o encarava e ria, gargalhava. Não podia suportar.

Adeus.

Ele seria o mais novo cadáver da casa... que continuaria a matar, a matar e a matar. Matar indistintamente era tudo o que ela sabia fazer.

Quando a tempestade de verão passasse, o corpo de Scott seria encontrado na beira do lago, junto ao tronco de Demi, que, em sua cova rasa, fora descoberto pela força das águas. A cidade ficaria de luto, mas, de alguma forma, a casa faria o oposto. Ela sorriria, assim como o velho faria quando voltasse para a segurança de suas paredes.

SORAYA ABUCHAIM é paulistana, mas vive no interior de São Paulo. É apaixonada por terror desde que se conhece por gente. Publicou quatro livros (*Até Eu Te Possuir*, *A Vila dos Pecados*, *Ferrão de Escorpião* e *Pelo Sangue Que Nos Une*) e tem vários contos digitais na Amazon, além de participação em antologias do gênero.

Em *Misery*, Paul Sheldon termina de escrever um novo manuscrito e decide sair para comemorar, apesar da forte nevasca. Após derrapar e sofrer um grave acidente de carro, Paul é resgatado pela enfermeira aposentada Annie Wilkes, que surge em seu caminho como um milagre divino. Mas milagres e santos não são fãs ardorosos de escritores de gênero em lugar nenhum deste mundo... Ou são?

ANTOLOGIA

MISÉRIA

SK

por

ANDREA KILLMORE

A decisão da DarkSide Books de publicar uma antologia baseada nas obras de Stephen King é outra baixa no processo chocante de emburrecer nossa vida cultural. No passado, descrevi King como um escritor de terrores baratos, mas talvez até isso seja muito brando. Ele não compartilha nada com Edgar Allan Poe, é apenas um escritor imensamente inadequado frase por frase, parágrafo por parágrafo, livro por livro. Choca que alguém se rebaixe a ponto de conceder a ele essa homenagem, considerando nada além do valor comercial de seus livros, que vendem milhões, mas fazem pouco mais pela humanidade do que manter a indústria editorial em coma, respirando por aparelhos.

O que há na escrita de King que agrada tanto as pessoas? Parece claro que os leitores de King — a maioria parece se interessar por ele na adolescência — não se importam que as frases ou as cenas que ele constrói sejam óbvias e maçantes. Deve haver algo no arco narrativo, ou na *natureza dos personagens, a que esses leitores não conseguem resistir. King apela para o adolescente aflito, ou para adolescentes nerds aflitos, ou para o adulto nerd, que acredita que as pessoas podem ser divididas em boas e más, um leitor que prefere não considerar que somos todos, cada um de nós, bons e maus ao mesmo tempo.*

Em todos os livros, as premissas são pouco verossímeis, presunçosas, sem lógica e sentimentais, com universos fracos e fantasiosos em excesso, como a nada espirituosa ideia de que o mal vive nos esgotos de uma cidadezinha e assume a forma de um palhaço, ou de uma fã que sequestra um escritor best-seller (naturalmente, seu alter ego), ou ainda a de um homem que produz energia elétrica para reviver a esposa morta (uma homenagem a Frankenstein que faria Mary Shelley despertar no túmulo sem necessidade de corrente elétrica). Merece menção especial o final de seus romances, quando algo ou alguém aparece de repente e resolve um problema insolúvel, numa evidente inclinação ao Deus ex machina para dar sentido a uma trama nonsense.

Por que, eu me pergunto outra vez, algumas pessoas encaram esse escritor extremamente bem-sucedido de ficção de gênero como um escritor de primeira linha de ficção literária, um "grande" contribuinte para a Literatura? Se você me perguntar se vale a pena ler Stephen King em vez de dezenas de outros melhores escritores contemporâneos de que talvez você nunca tenha ouvido falar, eu diria que não, a menos que você tenha quinze anos e seja um idiota. King pode ser uma fuga suficiente da vida, se é tudo o que você precisa de um livro de ficção, mas o seu trabalho está muito longe da alta literatura...

Joyce teve uma noite ruim de sono. Depois das seis, quando as bancas de jornal de todo o país abriram e as pessoas leram o jornal, seu celular não parou de vibrar nem por um minuto. De início, ela continuou na cama, enroscada nas cobertas, sem se levantar, como se a repercussão do texto publicado em um dos maiores periódicos do país não tivesse importância. Mas depois, quando o relógio de cabeceira já marcava 20h30, sua curiosidade falou mais alto e ela se sentou na cama, vestiu os óculos e rolou a tela do celular, verificando as atualizações: vinte ligações perdidas, mais de cem mensagens, além de muitas menções no Instagram e no Twitter.

Nas redes sociais, sua crítica à obra de King era compartilhada por cegos fiéis do autor, que usavam de toda sorte de ofensas para diminuí-la ou execrá-la. Ela não ficou abalada, achou engraçado até. Respirou fundo, colocou o celular de lado e foi para o banheiro. No espelho, verificou as olheiras. Esticou um pouco a pele, novamente pensando em uma plástica, passou seus cremes anti-idade matinais e escovou o cabelo com vigor. Enquanto tomava café da manhã, voltou a ler os comentários que não paravam de entrar. Além dos fãs idiotas, alguns velhos inimigos a acusavam de invejosa, mas muitos profissionais sérios como ela, principalmente colegas e alunos da universidade, tinham enviado mensagens parabenizando-a pelo texto e pela coragem. Alguém precisava dizer a verdade sobre escritores como Stephen King. Era para o bem da literatura.

Sem pressa, sentada em sua poltrona preferida, ela elaborou uma resposta-padrão para todos, detratores ou não. Um e-mail em especial lhe chamou a atenção: um certo T. Lemke escrevera um texto enorme, em caixa alta, fazendo ameaças, destilando seu ódio e amaldiçoando-a por todas as gerações futuras. O nome Lemke lhe soava familiar, mas ela não conseguia atinar quem era. Em uma rápida pesquisa, descobriu: claro, um personagem de Stephen King, do livro "A maldição". Mais um leitor indignado que se escondeu atrás de um e-mail fake para condenar a crítica arrasadora. Excluiu sem responder.

Entreteve-se por mais meia hora lendo os comentários ou trocando mensagens com amigos próximos. Assustou-se quando o telefone fixo tocou sobre o móvel da sala. Quase ninguém tinha aquele número. Atendeu depressa.

— Sra. Donald? Aqui é Carol, secretária de Scott Landers.

Scott Landers. O nome lhe causou um calafrio. Era o editor-chefe do jornal.

— Sim, estou escutando — Joyce disse.

— O Sr. Landers quer conversar com a senhora ainda hoje, se possível. Às quinze horas?

A cabeça de Joyce era invadida por mil pensamentos: ela nunca havia tido uma reunião pessoal com o editor-chefe. O que ele queria? Demiti-la? Promovê-la? A voz do outro lado era seca, sem oferecer nenhuma pista. Suas pernas tremiam.

— Ótimo, sim.

— Pedirei um carro para buscar a senhora hoje, às catorze — ela disse, eficiente. — Nós ficamos muito satisfeitos com o seu texto.

Finalmente, um vislumbre, uma migalha de informação! Ao desligar, seu rosto queimava de emoção. Inebriada, fantasiou a carreira que sempre sonhara deslanchando. Talvez a chamassem para ser curadora de algum prêmio literário ou de um evento importante. Talvez ela se tornasse a futura chefe do caderno de cultura — John Moyers já ocupava o cargo há vinte anos e dava sinais de cansaço, com uma linha editorial óbvia e pouco provocativa. Encheu a banheira e se permitiu beber uma taça de vinho para comemorar. Um dia da caça, outro do caçador!

Uma Mercedes luxuosa estava estacionada na frente do seu prédio, no Soho. Do lado de fora, um motorista uniformizado abriu a porta traseira do carro para ela. Joyce prendeu o cinto, aspirando com sutileza o cheiro de novo dos bancos de couro. Ajeitou os cabelos no espelho retrovisor, quando seus olhos cruzaram brevemente com os do motorista, um sujeito pálido, de rosto encovado, tão magro que a fazia se sentir culpada pelos quilinhos a mais. Quando o carro começou a se mover, ela mergulhou os olhos no celular. A repercussão da crítica só aumentava, o que era ótimo. Distraiu-se com os comentários, sorrindo para si mesma a cada revoltado que aparecia.

Sem aviso, o carro fez uma curva mais agressiva, e o celular escapou de suas mãos, indo parar no chão. Joyce se esticou para alcançá-lo, sem sucesso. Soltou o cinto, chafurdando o estofado do banco em busca do celular, sem encontrar. Talvez fosse o caso de parar o carro e encontrar o telefone antes que ele sumisse de vez. Bateu na divisória para chamar o motorista e, só então, se deu conta de que ele usava uma máscara.

— O quê... — começou, confusa.

Uma fumaça acinzentada escapava pelas saídas de ar condicionado. Joyce forçou a trava do carro, que se soltou em sua mão. Debateu-se, dando socos no vidro, mas a espessura era grossa, e a rua estava deserta. Estavam em uma área em obras de Nova York. A velocidade do carro aumentou, tudo à sua volta se enchia de fumaça. Antes que pudesse gritar, a luz desapareceu.

Joyce abriu os olhos devagar. Estava em um quarto espartano, com uma cama de solteiro, uma escrivaninha e um penico. A penumbra dava um ar sombrio ao cômodo. Ela escutou a respiração de alguém bem próximo. Ergueu-se na cama, sentindo uma pontada no fundo da cabeça. Sentado em uma poltrona próxima à porta, um homem a observava. Devido ao jogo de luz, ela não conseguia discernir sua fisionomia.

— Quem é você? — disse, num murmúrio. Sua garganta estava seca. — O que estou fazendo aqui?

O sujeito não respondeu nada. Levantou-se — ele era enorme — e se inclinou sobre uma pequena mesa de trabalho à sua frente, abrindo uma gaveta.

— Pode me chamar de Leitor — ele disse, de costas para ela.

Joyce encarava a porta e tentava calcular se era capaz de escapar por ali antes que ele a pegasse.

— Nem pense em fugir — ele disse, como se lesse os pensamentos dela. — Você não imagina por que está aqui, não é? Nem faz ideia.

Joyce tonteou, buscando-se manter desperta.

— Não pode ser porque escrevi um texto... — disse, tentando manter a calma. — Esse é um país livre, posso ter minha opinião.

— Você foi prepotente. Assuma pelo menos isso.

— Fui honesta.

— Tive pouco tempo para pesquisar sobre você. Escreve desde os vinte e poucos anos. Seis livros publicados. Quantos exemplares você já vendeu?

— Isso não importa.

— Claro que importa! Quantos?

Joyce engoliu em seco. Tinha vergonha — e certa raiva — de pensar naquele número.

— Menos de mil, certo?

— Vender livros não tem nada a ver com qualidade literária — ela disse, subitamente forte. — Eu já ganhei um prêmio. Em geral, os livros que mais vendem poderiam ter as páginas usadas como papel higiênico.

Ele se aproximou dela, e Joyce logo reconheceu o motorista uniformizado que a esperava na porta de casa. Como tinha sido burra de cair na conversa dele! O Leitor ergueu as sobrancelhas, curioso:

— Então, livro que vende muito é ruim? É isso?

— Sim — ela piscou os olhos, nervosa. — É.

— Vou aceitar seu argumento — ele disse, anuindo com a cabeça. — Mas quero entender melhor. Por que pensa assim? Escrever livros divertidos, gostosos de ler, é algo menor? Mais fácil?

— Exatamente.

Sem dizer nada, o Leitor retirou uma máquina de escrever da gaveta e deixou-a sobre a mesa. Caminhou até a porta, e ela reparou algo de estranho em seu jeito de andar: ele mancava.

— Quero que escreva um livro desses. Um livro que seja melhor do que qualquer um dos do King — ele disse. — Leve o tempo que precisar. Não deve demorar muito. Afinal, você disse que é fácil...

Ela se encolheu ao ouvir o tom ressentido do Leitor. Sem falar mais nada, o gigante saiu pela porta. A tranca foi girada. Sozinha, ela respirou fundo e fantasiou argumentos para usar com ele em uma próxima conversa. Diria que são habilidades diferentes, ela simplesmente não conseguia se rebaixar tanto, jogar fora seu intelecto, seu conhecimento literário, e escrever um livro popular, com trama fantasiosa e linguagem pueril. Talvez fosse melhor não dizer essa última parte. Poderia soar ofensivo.

Ela não tinha lido todos os livros de King, mas pelo que conhecia da obra dele talvez o Leitor de fato achasse que podia transformá-la em Paul, o escritor de Misery, e obrigá-la a mudar de ideia. Joyce procurou um interruptor, mas não havia luz central no quarto. Chegou perto da mesinha onde havia um abajur antigo e o acendeu. Receosa, passeou os olhos pela máquina de escrever antiga. Correu os dedos pelas teclas. Faltava a letra N.

Joyce não sabia mais há quanto tempo estava ali. Toda noite, o Leitor chegava com mais obras de King para que ela lesse e queria discuti-las à exaustão. Quando ele trazia as parcas refeições, verificava quantas páginas ela havia lido no intervalo. Se achasse que ela tinha sido preguiçosa, levava a bandeja intocada embora. Às vezes, o Leitor cobrava também que ela lhe entregasse páginas do romance que havia começado a rascunhar. Em geral, lia apenas alguns parágrafos e já a acusava de ser hermética nas experimentações linguísticas ou de não saber criar um bom personagem. Depois de várias tentativas, ele havia enfim gostado das cinco páginas iniciais que ela tinha escrito naquele dia e dissera:

— Agora, quero ver como continua.

Joyce não fazia ideia de como continuava. Era tudo tão absurdo, desproposital, mas, vencida pela fome e pelo medo, havia aprendido a ser obediente. Com tempo de sobra no cativeiro, ela passara a gostar de mergulhar nas histórias de King, que era um narrador hábil em manter a curiosidade. Jamais confessaria isso ao Leitor. As horas a fio começavam a surtir efeito nas suas convicções sobre ler apenas para se entreter. Escreveu mais dez páginas do romance, mas o Leitor as descartou com raiva, dizendo que os diálogos soavam falsos e a trama não levava a lugar algum.

Como escritora de ficção, ela era realmente um fiasco. Melhor tentar começar uma nova história, o Leitor disse. Joyce implorou para que ele não fizesse isso com ela, mas ele se manteve impassível. Desesperada, ela não conseguiu dormir nas noites seguintes, o que a deixou com uma insuportável dor de cabeça. Precisava escapar dali com urgência ou morreria. Ou, se ele a enxergava como Paul Sheldon, o final feliz era uma miséria. Onde estava a polícia? Seus amigos? Por que não a encontravam?

Mil vezes se maldisse por não ter verificado o convite do editor-chefe. Estava tão vaidosa de si mesma, achou tão óbvio que a convidassem para chefiar o caderno de cultura... Afastou a culpa, precisava se concentrar ou ficaria sem comida outra vez. A constante violência nos livros que agora era obrigada a ler a levavam a pensar em macabras possibilidades de fuga. Andava de um lado para o outro como um leão na jaula, tentando não atrofiar seu físico por falta de exercício. Sentada diante da máquina de escrever, encarando a página em branco, uma ideia ousada brotou em sua mente. Teria coragem?

O garfo acertou a jugular do Leitor e ficou ali espetado, enquanto Joyce observava fascinada o sangue esguichar. Incrédulo, o gigante caiu de joelhos. Ela agarrou o cabo do talher e pressionou-o com mais força, destruindo pele e músculos pelo caminho. A carne rasgava com facilidade surpreendente, mas ela não se enojava. Estava determinada a ir embora. Nem o pegajoso líquido morno entre seus dedos foi suficiente para fazê-la parar. Os olhos do Leitor perderam vida, e ele tombou com um baque surdo.

Sem perder tempo, Joyce limpou as mãos no colete do cadáver e vasculhou os bolsos até encontrar as chaves do cativeiro. Abriu a pesada porta com cuidado, estava escuro. A pouca iluminação do abajur permitiu que vislumbrasse uma escada à sua direita. Voltou mais uma vez ao corpo inerte e procurou uma lanterna. Encontrou-a no lado interno do colete. Insegura, ela subiu degrau a degrau, apoiando-se na parede lateral curva. Não havia uma porta ao final do trajeto, mas sim um alçapão. Com cuidado, levantou a tampa e espiou. Iluminou o andar de cima e logo enxergou uma enorme fileira de lápides. Assustada, percebeu-se dentro de uma espécie de jazigo.

Saiu do buraco e se dirigiu à porta enorme. Abriu a tramela da janelinha que permitia uma visão de fora. Outros jazigos em volta dela permaneciam mergulhados na escuridão. Ao longe, um cachorro São Bernardo imenso dormia em sono profundo, debaixo de um salgueiro-chorão. Deu três passos para fora e quase enfartou com o gato que surgiu do nada, arisco, com o rabo empinado, e pulou à sua frente, como que impedindo o caminho. O animal carregava uma coleira de prata com as iniciais gravadas — W.C. Ela enfrentou o olhar brilhante do gato. Jogou o facho de luz em cima dele, desafiando-o. O bichano emitiu um urro estridente, correndo na direção contrária e acordando o cachorro, que latiu alto, perseguindo o gato.

Joyce decidiu tomar o caminho oposto, correndo como nunca antes. Não sabia se aquele trajeto levava à saída — lamentou-se por não ter lido com atenção os trechos com as intermináveis cenas de cemitério escritas por King. Talvez neles houvesse alguma pista. Alguns metros adiante, vislumbrou uma luz fraca dentro do que parecia uma portaria. Os portões altos estavam fechados com um cadeado.

Dentro da casinha, um homem estava sentado diante de vários monitores, movimentando alucinadamente um mouse para passar o cursor de uma tela para outra. Joyce estreitou os olhos, segurando o impulso de pedir socorro. Teve um déjà-vu, um pouco diferente de sua imaginação, mas inconfundível: várias imagens de um estádio em pleno show ocupavam as telas, uma multidão gritando e erguendo os braços. O homem acabava de reproduzir um crachá com o nome Brady Hartfield.

Joyce se afastou, lutando contra o medo e a confusão da fantasia. A subnutrição poderia causar alucinações? Concluiu que não tinha tempo de entender mais nada e tomou um corredor de lápides pela lateral. Respirando fundo, passeou os olhos pelos jazigos. Com certeza haveria um zelador, um coveiro, alguém que lhe trouxesse de volta à realidade. Após avançar alguns metros, tropeçou na raiz exposta de uma conífera e rolou pela lateral, em uma depressão escondida. Lá embaixo, verificando se havia se cortado ou quebrado algum osso, ouviu alguém se aproximar. Apagou a lanterna para enxergar no breu, até que viu o que parecia ser o feixe de uma lanterna em sua direção. A luz cadenciava um andar veloz. Ela viu a silhueta do homem. Por um segundo, pensou que poderia ser o Leitor. Mas era um sujeito mais baixo. Ficou aliviada.

— Me ajuda, por favor... Aqui!

O homem a alcançou em poucos passos e estendeu a mão.

— O que aconteceu? A senhora está bem?

— Por favor, me tira daqui... Onde fica a saída?

Ele encarava o joelho dela.

— O machucado está feio — disse. — Vou fazer um curativo e chamamos a polícia.

Ele a pegou no colo, sorrindo. Caminhou depressa até uma cabana simples e aconchegante. A lareira estava acesa, a chaleira no fogão. No canto, uma máquina de escrever antiga sobre uma mesa entalhada, repleta de garrafas de uísque. Ele se serviu de um copo e perguntou se ela aceitava também.

— É bom pra aquecer...

Joyce fez que sim, tentando entender onde estava. O homem caminhou até a cama, de onde tirou um machado com sangue ressecado para liberar espaço onde ela pudesse deitar.

— O colchão está limpo — disse, sorrindo. Estava despenteado, com ar esgotado, barba por fazer. Só então ela reparou em seus olhos vermelhos, com as pálpebras caídas, e se deu conta de que ele estava bêbado. Sentiu as pernas fraquejarem. Sua sanidade escapou por um segundo. Não podia ser verdade.

— Obrigada, senhor... — tentou disfarçar. — Como é mesmo seu nome?

— Jack — ele disse, enxugando os lábios com as mãos. — E o seu?

Jack se sentou, deitando o machado no colo.

— Acho que já estou de saída. Não quero atrapalhar.

— Você não atrapalha. Estou escrevendo um livro. Mas cheguei num momento que...

— O quê?

— Bloqueio criativo. Não sei como continuar.

— Realmente, acho melhor ir embora.

— Não vá — desta vez, o tom era de ordem.

Joyce desceu os olhos para as mãos dele, que seguravam o machado com firmeza. Num golpe, ela se projetou na direção da porta, sentindo a bacia arder e o joelho reclamar da pressa. Jack apareceu logo atrás, empunhando o machado. Ela seguiu zonza entre as lápides, havia uma lua cheia e reluzente no céu escuro. Tropeçou outra vez e perdeu a consciência ao bater a cabeça. Quando Joyce abriu os olhos, horas depois, percebeu-se encolhida entre dois túmulos. O sol começava a nascer.

Sentindo cada músculo reclamar, ergueu a cabeça com cuidado. Nenhum sinal de Jack. Na quadra acima, viu uma moça ajoelhada que parecia estar em prece por alguém, mas não ousou se aproximar. Olhou para cima, procurando um Deus em que nunca acreditou, e viu algo flutuando em sua direção. Colocou a mão como um quebra-sol sobre os olhos, até que pudesse discernir que estranho pássaro era aquele. Antes que pudesse tomar fôlego, sentiu-se agarrada pela cintura, como um coelho preso nas garras de uma águia.

Seus pés não tocavam mais o chão. Sentiu-se subindo sem parar, tentou gritar, mas nenhum som saiu de sua boca. Já estava a mais de quarenta metros do chão. Virou o rosto para encarar o animal e percebeu: estava nos braços de um palhaço que ganhava altura segurando um maço de balões coloridos. Demorou um instante a reconhecer os traços sob a maquiagem: nariz fino, olhos profundos encovados em um rosto ossudo, com cabelos grisalhos. Stephen King. O escritor sorriu e, num gesto rápido, abriu o braço, dando um tchauzinho enquanto ela despencava para a morte.

ANDREA KILLMORE é o pseudônimo de Ilana Casoy e Raphael Montes. Ilana Casoy é criminóloga e escritora e dedicou-se a estudar perfis psicológicos de criminosos, especialmente de serial killers. Publicou obras renomadas no campo da criminologia. Raphael Montes é autor de *A Mulher no Escuro, Dias Perfeitos, Suicidas, Jantar Secreto* e *O Vilarejo*. Seus livros têm sido publicados na França, República Tcheca, Espanha e Polônia. Os dois escreveram *Bom Dia, Verônica*, thriller nacional adaptado para série de TV pela Netflix.

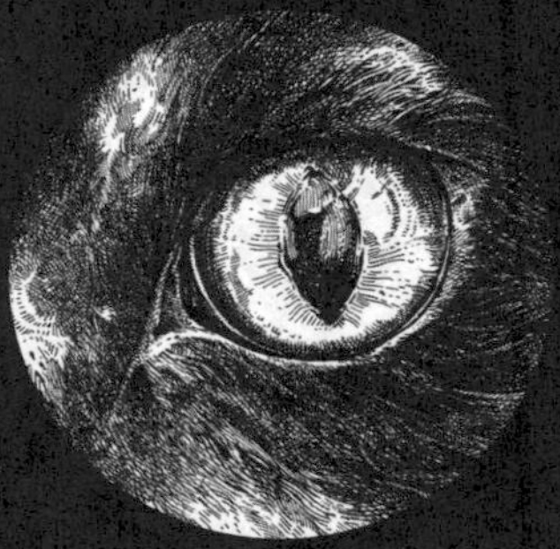

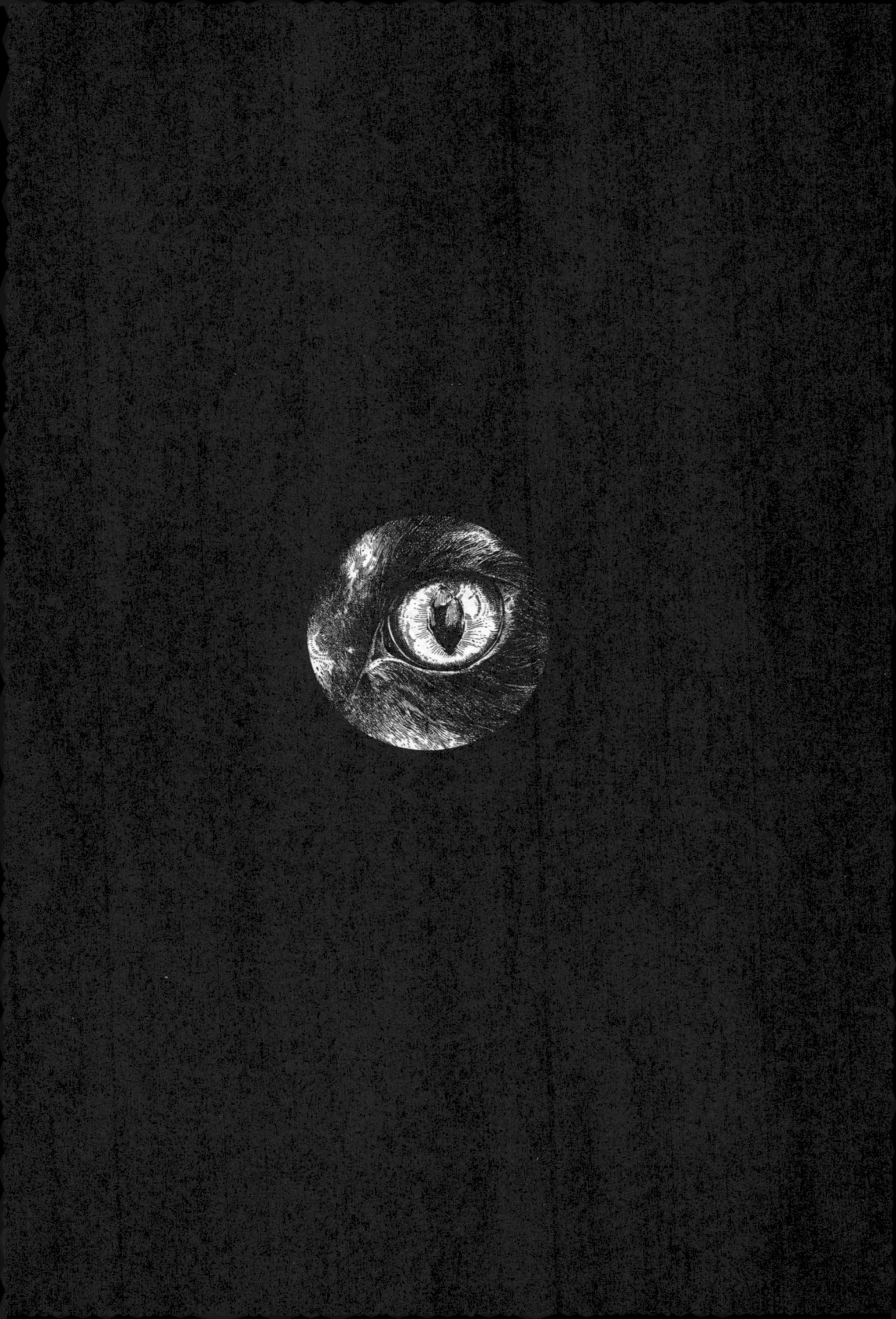

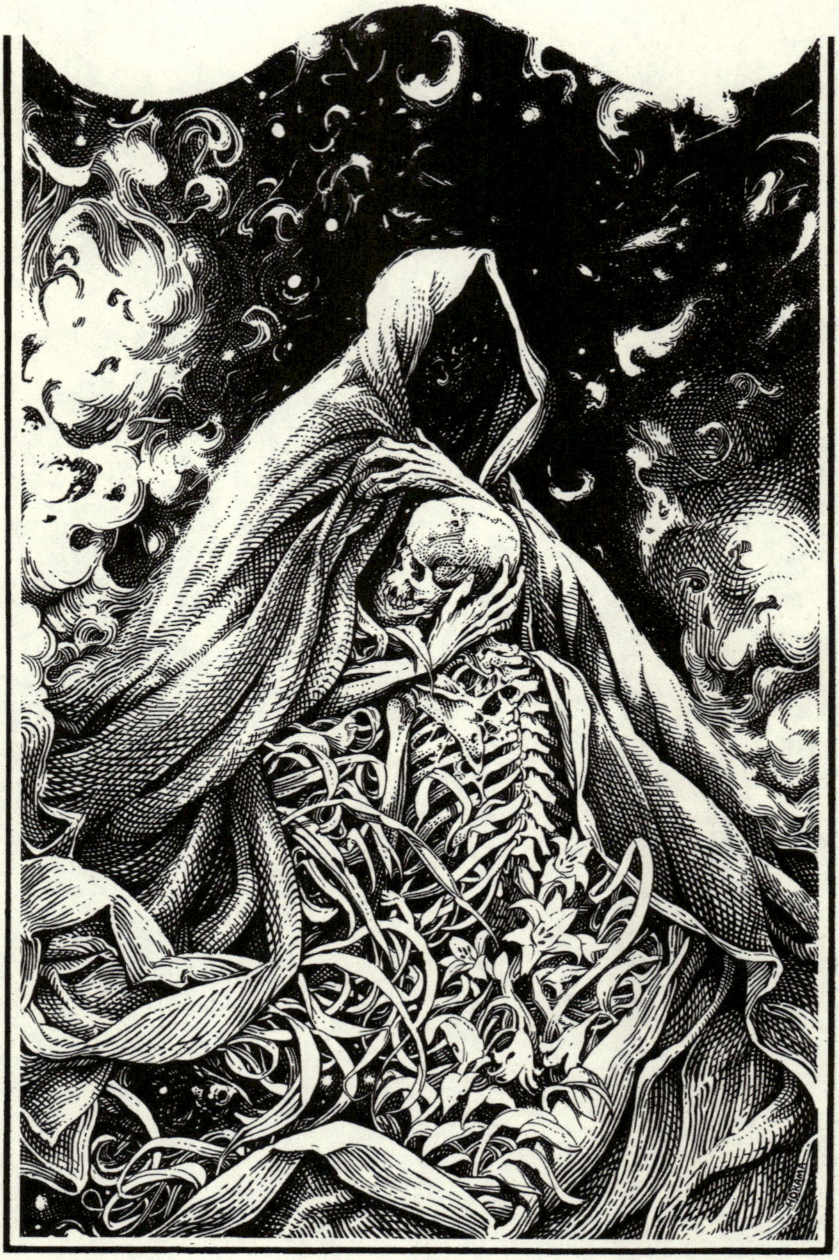

AGRADECIMENTOS

Muito bem, chegamos até aqui e agradecemos do fundo de nosso coração gelado que você tenha dedicado a nós a mesma confiança que, por anos, tem sido dedicada a Stephen King. Nosso primeiro agradecimento é para você, leitor fiel e constante do Rei.

Em segundo lugar, agradecemos a Stephen King por brilhar na escuridão, orientando nossas mentes a compor com qualidade, generosidade e dedicação ao leitor. É um prazer poder habitar a mesma época que o senhor, mister King.

Em nome de todos os autores, também agradeço à DarkSide® Books pelo cuidado e carinho com esse projeto, desde seu primeiro respiro até a impressão de todas as páginas. A edição, a troca de ideias, a composição de um universo que a partir de agora também passa a compor nossa relação com o Rei.

E finalmente, me vestindo com a honra e a gratidão de ter sido o organizador deste projeto, agradeço a cada um dos criadores que se tornaram (ou se confirmaram) grandes amigos e parceiros durante a composição do livro. Acredito que muitas vezes possa ter sido complicado, difícil ou mesmo enfadonho o vaivém dos arquivos, mas, para mim, foi um prazer indescritível chatear a todos vocês (e eu o farei de novo, assim que for possível, prometo).

Para finalizar, agradeço aos novos talentos que ainda crescerão embalados pelas canções do Homem do Maine. Citando outro gênio fora da curva chamado Raul Seixas: "Sonho que se sonha só / É só um sonho que se sonha só / Mas sonho que se sonha junto é realidade".